本书系宁波市文艺创作重点项目

回　声

高鹏程　著

中国言实出版社

图书在版编目（CIP）数据

回声 / 高鹏程著 . -- 北京：中国言实出版社，

2024.6. -- ISBN 978-7-5171-4833-3

Ⅰ . I227

中国国家版本馆 CIP 数据核字第 20248MJ818 号

回　声

责任编辑：郭江妮
责任校对：邱　耿

出版发行：中国言实出版社
　　　　　地　　址：北京市朝阳区北苑路 180 号加利大厦 5 号楼 105 室
　　　　　邮　　编：100101
　　　　　编辑部：北京市海淀区花园北路 35 号院 9 号楼 302 室
　　　　　邮　　编：100083
　　　　　电　　话：010-64924853（总编室）　010-64924716（发行部）
　　　　　网　　址：www.zgyscbs.cn　电子邮箱：zgyscbs@263.net

经　　销：新华书店
印　　刷：徐州绪权印刷有限公司
版　　次：2024 年 10 月第 1 版　2024 年 10 月第 1 次印刷
规　　格：710 毫米 ×1000 毫米　1/32　6.5 印张
字　　数：166 千字

定　　价：58.00 元
书　　号：ISBN 978-7-5171-4833-3

作者简介：高鹏程，1974 年生，中国作协会员，文学创作一级。在《诗刊》《人民文学》《中国作家》《十月》《钟山》《花城》《新华文摘》等刊物发表 300 余万字文学作品。曾获浙江青年文学之星、浙江省优秀文学作品奖、人民文学新人奖、国际华文诗歌奖、李杜诗歌奖、徐志摩诗歌奖、诗刊社"百年路·新征程"诗歌工程创作奖、储吉旺文学奖大奖等多种奖项。诗刊社 22 届青春诗会成员，曾就读于 21 届鲁院高研班。著有诗集 10 部，随笔集 1 部，诗文合集 1 部。

序

凝视：时间之美

我曾长久地凝视一轮满月
"华枝春满，天心月圆"，生命
从那一刻进入了华美与盛大
我倾慕它上面静穆、温润的辉光
以致忽略了它的背面，零下183摄氏度的极度深寒

我曾无数次站在深秋的旷野，凝视湛蓝的天宇
天宇下，谷穗垂下饱满的沉静之美
以致忽略了即将到来的霜雪，忽略了
收割后大地的荒凉

荞麦青青啊，彼黍离离
我想象它们盛年的样子以致忽略了
它们掩盖下的遗址废墟，沦为夯土的旧日辉煌

我曾目睹其中出土的色彩斑驳的陶罐，布满

铜锈的钟鼎，敛去锋芒的古剑，玉器上的沁色
因为沾染了时间的痕迹变得古雅庄重

我曾默默摩挲一张花梨书桌上的包浆，褪去
烟火气的紫砂壶。时间的砂纸
一双浸满汗水的匠人之手反复打磨着它
那些古旧的瓷器因为破损而拥有了残缺之美

我也曾目睹一条大河的流逝，目睹入海口落日的浑圆与无言
仿佛暮年的佛陀，在涅槃之际
获得了庄严的法相
我曾如此长久地凝视
以致忽略了它壮年的暴虐和恣肆
它最初的孱弱与纤细

我曾在尘土飞扬的大路边注目，那些来来往往的车辆
人群，那些为生活奔波的一张张陌生的脸
我注目于他们脸上闪耀的希冀，背过身后
流露出的不甘的神情
以致忽略了他们作为穷人的身份
他们遭受的苦厄、困顿

故国。故乡。故园。当我最终返回
在你的一口古井边，长久地凝视
我窥见古井中的自己，一张风尘仆仆的
暮年男子的脸
重叠着幼年的稚气，重叠着父亲、祖父……无数
祖先的脸庞

"……谢天谢地，青春终于老去"①
而傍晚的夕光将为低头祈祷的人披上霞帔
为敲钟人镀金、加冕

时间是最好的化妆师
岁月浸染的风华，让万物重回简朴与素净之美
并且再次进入至真、至淳的轮回

---

① "……谢天谢地，青春终于老去"，引用诗人荣荣的诗句。

目　录

第一辑　岁月回声

第二辑　残损之美

第三辑　悖谬之诗

第四辑　时间之灯

第六辑　量子纠缠

第一辑　岁月回声

借助微弱的星光

我又看到了一个少年的背影

依旧走在很多年前，衣衫单薄，两手空空

他要去的地方，依旧没有铺好铁轨

火车开往远方

夜深人静，火车叫声从众多的声音里钻了出来
似乎是一列，又似乎是
无数列车声音的叠加
带着锯齿的钢索，来回扯动
一些被遗忘包裹着的伤疤
再次被血淋淋地锯开
另一些，卡在被痛苦打了死结的地方

有那么一阵子，我分辨出了其中几列：
一列从二十多年前，父母的咳嗽中钻出
（如今只剩下母亲）
一列来自凌晨三点，十年前
一个陌生的远方，一个异乡人弹响了竖琴

借助微弱的星光，我又看到了一个少年的背影
依旧走在很多年前，衣衫单薄，两手空空
他要去的地方，依旧没有铺好铁轨

冷西之夜

从冷西小栈出来
车子拐弯时，忽然看见了远处的灯火
我熄了车，点燃一支烟
远远地望了很久
温暖、金黄的光亮，让我
微微空白的大脑里，闪出了几个词：
乡关。驿站。歌哭
是的，歌哭
作为一个久居异乡的人，这些年
我已习惯摸黑赶路
穿行在岭头暮雪和陌上轻尘之间
不再轻易为光亮的事物驻留
也不轻易揿亮体内的灯火
而今晚，在冷西，一幢孤零零的乡村小屋窗口
泼出的灯火，却让我有了无言的感动
如果此刻，在另一处观望
你会看到，漆黑夜色里的两处火光
一处明亮，金黄
另一处微弱、闪烁，却始终不肯被黑夜吞没

广济桥

已是深冬，广济桥下的水位降得很低
这使溪坑看上去像是一道沟壑
更多的人已经去了彼岸
更多的流水已经一去不返
剩下的水，已经被压成岩石里的花纹
而留下的人，仍需面对一道沟壑
依旧有更多的水在他的身体里流逝
弯下身，用自身的弧度，完成孤单的跨越
还是继续等待那个离去的人回来？
时间又过去了很多年
而当桥两边的人，最终在一个故事里
下落不明
一座桥，用弯下的腰身，抱住了它的倒影
——反方向的影像，和水面上的弧度
合拢为一个圆，一个看上去似乎完满的结局

夜行记

班车沿着暮色中的山脊移动
山脚的村舍看上去更加低矮，像是一些蘑菇
刚冒出头，又被寒冷压回了地面
低到不能再低的时候，忽然就有一盏灯亮了起来
仿佛一根倔强的柱子，撑起了蘑菇小小的伞盖
我趴在车窗边看着，不知不觉噙满了泪水
我知道有一朵
瘦小的灯火下面，是我更加瘦小的外婆
我知道此刻，那束小的光束
也随着山顶上的一辆夜行班车在移动
很多年过去，这些光点，一直在我的眼前晃动
在我深夜写下的诗行里闪烁
那些从蘑菇伞盖下撑起的光束，支起了一个个
低矮山村的命运
同样，也构成了我在异乡城市高楼的暗影里栖身
但不至于垮塌的理由

暮晚登浙东第一尖

傍晚我们登上三县交界处的浙东第一尖
水向低流，云飞高处，钟声
隐藏在山腹中
以山谷为界，顺着你的手指我在分辨
哪一处是奉化，哪一处是宁海，哪一处又是新昌
忽然，一缕夕光穿透云层
像一支金色的鼓槌，敲向木鱼般的山峦
敲一下，木鱼般的山包就亮一下
敲一下，就又亮一下
很快，金色、稠密的光芒
就消弭了三个县的界限，也填满了人间丘壑

岁末之诗

这一年你从我的诗里看到什么，你就知道
生活，从我手里夺去了什么
这一年我失去什么，诗就代我向生活祈求过什么

这一年的阳光，照例晒干了陈旧的霉迹
这一年的雨水照样
掩盖了去年的雨痕

这一年，无所谓得失的
是我在人间
感知到的爱与孤独
既没有更多，也没有更少

在甲板上俯瞰星群

我又一次看到了你们，我年轻时仰望的事物
此刻，正混迹于水面的灯火

突然有多少回忆从那里涌出？
我的逝去的年华，并不
丰富的经历，感慨与失落
如今，除了这些我依然一无所有

如今我已习惯，把目光，从盛大的星空移向
昏暗的水面
就像今夜，从一艘破旧的渔船甲板上，我俯瞰这些
水中的光点，
它们依旧闪烁不定，
有着神秘的力量

年轻时喜欢对着天空撒网，
现在我习惯在浑浊的水底打捞自己的星辰

早春信札

连日阴雨，小屋后山溪暴涨
道路泥泞，隔断了山外的讯息

杏花黑色的枝条变得肿胀
湿漉漉的木椽里长出了木耳
四野寂静，隐约透出不安

马头墙的墙皮脱落了，一匹隐藏在其中的马
似乎要破墙而出

我在屋内给你写信
写到连日阴雨，小屋后山溪暴涨
一匹马的躁动不安
手中的笔，整个冬天它像一截枯枝
现在，因为雨水浸注而涨满了绿色的血液

夜雨记

雨首先落在窗外防雨篷的铁皮上
密集、单调的声响
折磨着一个人的失眠

汽车尾灯划开雨雾，带来不确定的往事
渐渐远去的喇叭里，低低的啜泣声
在雨和小贩的叫卖声里若隐若现

后来，雨似乎滴聚集在了一根电线上……
松弛……又绷紧
间或，闪过一丝不易觉察的战栗

再后来，雨滴打在一支无人吹奏的口琴上面
曲子里的人，在雨中走来又在雨中消失

黑暗中
黄铜簧片微微震动

和客厅里那只座钟古老的滴答声
有了深渊般的落差

冬夜的风从炉火旁经过

冬夜的风从炉火旁经过
即将熄灭的火苗，忽然亮了一下
角落里，蒙尘多年的器物，忽然生出了灿然之光
你知道，此刻，我就是那个火炉旁打盹的人
我已经老了，我已经
经历了我的生活，我已经知道生活是什么
当然，也许我从未知道过
当冬夜的风从炉火旁经过，你知道这一生
我得到了什么
是的，我把爱爱过了。那些曾经带给我伤痛的事
我又细细回味了一遍
那些曾经被我借用过的人事，我都一一归还
而我自己，也即将归还
感谢神，我的欠债不多
而此刻
大野寂静，群山肃穆
一种古老的秩序正在其中缓慢运行
当冬夜的风从炉火旁经过
我看到它穿过我后，又穿过了那些闪烁的群星

暮冬之静

我去看望一位老人。他住在一所靠近
海边的房子里
他99岁，已经是村里最长寿的老人
他握着我的手，让我想到了这所房子附近的
一棵朴树。根据挂在它身上的身份牌显示，它已经
265岁了
我不知道一位99岁的老人，每天想些什么，更无从
推测一棵老树内心的变化
在抚摸它粗糙的表皮时
我又想到了老人平静的近乎无的呼吸
仿佛来自远处的大海
一位朋友告诉我，情深不寿
大海拥有宁静，是因为用波浪排遣掉了多余的情绪
而这棵老树和老者（他终身不娶），也许恰恰也是
用落叶的方式，处理掉了内心多余的情感
并且把它们消释到了暮冬的虚无中

河流

霜降后，一条河流开始变得平缓、水量稳定
一些事物沉淀下来，另一些
逐渐露出真相，拐弯处
它看见自己的上游——

啊，必须对岸表达敬意
它温柔的暴力，犹如一场冷静的叙述
使我过剩的抒情获得了节制

而下游开阔，
大海似乎已经开始闪光
一条河流的掌纹逐渐变得清晰
它专注于对自己流速和方向的控制——

必须原谅河床底部的石块
必要的冲刷、磨砺，保持了体内的火焰
必须继续感谢冷空气　搬来冰层
将我的身体压得低些，再低些

最后，要感谢那个待在岸边的人
他柔软的手指，拉动我进入他的身体
回旋、上升
成为时间、命运和众多词语的隐喻……

冬夜读诗，与一群故人相遇

不是你，是你身边的炉火，向我伸出了手
拍去我肩膀上的霜雪

不是你，是你腹内的酒认出了我
指认我为多年前的兄弟

不是你，是墙壁上沉默的微笑
替我留住了记忆、年华和亲人

不是你，是窗外的河流、星辰
在生命的苍白之处，发出遥远的喧响

不是
不是压在舌根下的寒流
眼底深处的贝加尔湖

不是你，是诗，是那些黑色的诗行
替我们穿过了这纸上的西伯利亚
这漫长的风雪之夜

隔空击掌

钟子期死后，伯牙为何断琴？
登上幽州台的
陈子昂为何独怆然而涕下？

因为他们发出的声音，也许在
很多世纪以后才有回应，也许永远不会

"有谁听到过一只手拍出的掌声？"

陈子昂之后 1000 年，孤独的昌耀才听到地球那边
密西西比河的风雨

七夕，仰望天幕的人啊，请仔细看看
天琴座和天鹰座吧

有两颗星，相隔 16 光年
也就是说，以光速来算，它们彼此凝视的目光
也要在 16 光年后才能相互感知

回声

在我的老家，每逢有远行人，亲人总会送到河边
看着他渡河而去
然后拢起双手
对着消失在河对岸的人大声呼唤：早点回来啊——
这些声音漂在水上
慢慢变成"回来啊"，再变成"来啊"
最后只剩一下一声"啊——"，在动荡，在流逝
每逢有人病重，亲人也会抱着衣物
站在河岸边的崖背上
一遍遍喊他的名字
小时候半夜惊醒，往往能听到崖背上
还有一个母亲凄惶的声音来回撞击
很多年后，偶尔会有远行人回来
把一声早年"啊"的尾音，变成"了"
而更多的时候，只有一闪
一闪的光，仍旧像一声一声凄惶的回声
在漆黑河面
和早已静默如荒丘的崖背之间，来回弹跳

图书馆

它存在于在我日渐昏聩的记忆中
一幢不起眼的灰色建筑
水磨石楼梯。木格窗。然后是
潮湿、浊重光线里的一位
昏昏欲睡的图书管理员

"有些书页是甜的"，但有些不是
进入窄门的途径，往往比书脊更加陡峭
需要付出全部的少年光阴以及盗火者失明的代价

他想起另一个，曾经在自己的迷宫里打盹的人
其间不同的是：他的梦里
藏着一个更大迷宫，一个天堂模样的图书馆
木桌上的油灯仿佛他
失明的眼眶，映照着一本书的封面

翻卷着页边的旧书里，传来逝者
无声的喧哗
一些页码缺失了，书本中
一些人物的命运是否会因此改变？
一个图书管理员疲惫的神情是否
平添了几分警觉？

窗外，法国梧桐带来了不确定的起伏
靠近窗口角落的一把靠背椅子还保持着
一个青涩少年习惯的姿势
时间消失了
桌面上，一层薄薄的灰尘，隔开了它
和一个庞大时代的背影

风门口

十年前我曾到过这里。写下一只蝴蝶的跨海飞行
那时我曾以为所有的诗意都在远方
我以为风
总是从很远的地方吹来。

然而生活如同眼前这块
沉寂的礁石
带给我无声的训诫。在它底下的一道隐秘的岩缝里

寄居蟹在潮间带之间辗转。
它的远方，不过是一米开外的
另一块礁石
它苦苦寻求的安身立命之所，不过是一只稍微大些的螺壳。

十年了。风吹塔白。风继续吹着时光弯曲的背影
而这些年
我唯一学会的事情，就是俯下身来
聆听一只死去的螺壳里的风声。那是

来自大海的低音。另一场
风暴的源头
从前，我把它作为走向远方的号音。
现在，我相信
它蜷曲的螺纹顶端，藏着创世之初和世界尽头的秘密。

风

风在吹。整幢房子像海上的船在漂移
一个失眠的人，被风吹成了空旷的码头
一团破旧的渔网

大风吹动。一艘船依旧在陌生的水域打转
一团渔网打满了死结
多少人事如过江之鲫，被一一漏掉

大风吹动，星辰纷乱
拂晓时分
一个失眠的人，被吹成了一盏陈旧的风灯

生锈的外壳，鱼骨一样
细瘦的栅栏，守着一盏微弱的渔火

——那唯一一粒尚未走失的星辰

对酒当歌

他注定是孤独的。虽然他曾试图
用一杯青梅酒，去触碰一份
和他类似的孤独。
但他失败了。

如同所有的英雄一样，他们每个人都是孤独的
但每个人的孤独
都如此不同。
这个世界上，没有两份，同样的
英雄的孤独。

最终他还是一个人举起了酒杯
他举起的，是遍地的饿殍
是野外的白骨
和一个王朝的废墟

他举起的是苍茫的东海
是沉浮的星汉

他举起的，是一个英雄
如朝露一样短暂的一生

过期车票

整理行李箱，翻出了一沓车票
忽然发现，这些年我居然去过这么多地方
有些地名还很熟悉，闭上眼就能想见
有些已经陌生。我甚至忘记曾经去过那里
我为什么会去那里？去做什么事？遇见过什么样的人？
这些都已无从记起
这些年，生活如高铁呼啸而过
身边的事物也都日新月异
那些曾经切慕过的远方，逐渐成为遗忘
那些曾经经历过的漫长跋涉、颠簸
站台上，长长汽笛声里
那些拥抱，那些因为害怕分离而生出的战栗
都已经还原成了票根上，两个地名间
一截平直的线段……都过去了
现在，风平浪静。生活回到了原点
而远方重新回到远方
我的手指，摁住一个地名，仿佛一艘船
碰到了一座黑色的礁石

你听到贝加尔湖结冰的声音了吗？

你眼前的红尘滚滚。你要乐此不疲
用尽其中的热爱
趁人世温良
西伯利亚还在遥远的地方徘徊

你要隐约感知到那种无声逼近的
静穆和凛冽
而当它们到来
你要允许黑天鹅折翼白天鹅孤鸣
允许结冰的湖面发出细微的咔嚓咔嚓声

你要屏住呼吸，保持静默直到
那些白茫茫的芦苇像浓密的睫毛
遮蔽了眼睑
你要允许嘴唇的雪线闭合
胸口的一面湖水陷入
旷日持久的沉寂

你要有足够的信心相信结冰是为了
保留你湖底最后一缕微热的希望

你要相信，那些匍匐在湖底的

游鱼一样的词语
会沿着隐秘的线路继续游动、筑巢
产下珍贵的鱼卵

傍晚，石浦港的几种事物

一切都在下沉。暗下来的光加重着石浦港面的重量
东门岛像一条大鱼沉重的脊背。
铁锚在水底生锈
少年走进了中年的滞重
一颗早年的星辰也混迹于甲板下的淤泥。

只有潮水暗涨
只有黑暗中的海，还在用含盐的骨骼
支撑着港面上的事物。
它挺起了一朵渔火时动用了
和一艘万吨巨轮同样的力量。

而它打开夜色的瞬间，
——一只白色的海鸟冲出水面
哦，这灵魂的纤夫，还在试图
把被暮色中淹没的事物向上拔高一寸。

中年记

45 岁。已是
抛物线的下半截了，而且还有
加速下行的趋势。这让我惊恐，继而惶惑
但更多的时候，我只是麻木地活着。我似乎
已经接受了麻木。一根紧绷的橡皮绳
失去了弹性

一只被生活用旧了陶罐，外表已经磨损、光滑
而内部依旧坑坑洼洼。它曾盛装的
爱已是奢侈。恨也是
曾经那么刻骨、那么铭心的恨
也在不知不觉间，海晏河清了

快乐于我，日渐稀薄
你说我们认识时都还年轻。哦，年轻
当我突然想到这个词，仿佛一个
沦落他乡的老水手，忽然想起了早年的码头
而当年，他眺望暮年，如同站在码头
眺望一个遥远的、异国的港口

遥远的，亲爱的

我固执地给我抒写的对象，都加上这个修饰
仿佛这样，就可以把身边的事物推远。把远处的
推得更远
一直到达，想象的边缘

这些年，我虚构马匹、船帆、一匹骆驼或者
一只瘦小的蚂蚁
仿佛这样，才能把自己从生活的泥淖中拔出
仿佛
只有遥远的，才会是亲爱的
那些近乎虚幻的
从来无法抵达之处、之人、之事
那一滴海水中殿堂，一粒沙子中的庙宇

哦，那些沉默的沙丘和波浪的言辞无法说出的
遥远的、沉默的天际线
遥远的沉默的嘴唇

第二辑　残损之美

秋风急，秋风凉，秋风中

有多少歌声的遗产没有被来得及继承

又有多少难言的悲怆被落叶一样扫除

一代一代，无声无息

四行诗

没有灯火，一只黑夜里乱撞的飞蛾多么悲哀
没有谣言，乌鸦的身影多么孤单
没有你，没有爱和毒药
我像一件遗物，孤悬于人世

对岸

据说，世界上最远的距离，不是从起点到终点
而是
从此岸到彼岸。
一列火车驶过，车厢里的乘客有自己奔赴的目的
而站在月台对面的人，已经
隔着天涯
一条船分开流水，还在江面上行驶
而对岸的人，已在雨水中消失
一个人走在路上，面容沉静
只有他自己知道，他已经有了裂隙
一条黑色的拉链经过了他，一条船划开了他
他的一部分去了彼岸，另一部分还滞留在此岸
他的右手总是抓不住铁轨一侧的左手
他发出的叫喊，瞬间化成了江面上的雨雾……

左撇子之歌

也许是先天右脑强势，从小
我就是个左撇子。我习惯用左手系纽扣，
绑鞋带，
抓铁锹
我从左边掏裆练习自行车，摔倒后忍受左边的疼痛
我用左手拿筷子、学写字，一只探头探脑的蜗牛
总是向外小心翼翼地伸出左边的触角
后来，为了不影响别人，我离开餐桌，在角落里
独自吃自己的一份

为了不被同学压在胳膊下的圆规扎到
我开始努力用右手学习写字
向前、向后、向右转，我努力和世界
保持着同一种步调
人群中，我努力举起自己的右手
但总是比别人慢半拍

我猜想肯定是我的左脑和右脑，又发生了一次
小小的碰撞和错位
而我也不知道究竟是左脑
还是右脑指挥着这一切
所以我又养成了环顾左右而无言的习惯

但没有人的时候，我还是习惯左边的孤独

有一年，我追着火车跑了很远
坐下来喘气的时候，我吃惊地发现
我还是习惯性坐在了铁轨左边

当世界，习惯在右边嘈杂、拥挤
我退回来，躲在左边
因而有了更多自在的空间

残损之美

一方旧砚台，一锭残墨
一块带着僵皮的玉石
人到中年，我越来越顽固地认为
美，就是不完美
我习惯把自己从人群中剥离出来
就像从墙上剥下一块陈旧的墙皮
我会长久地注视雨滴
它从高处到来，穿过多少虚无的道路抵达屋顶
又从屋檐上的瓦片落到阶前
最终渗入到污泥中
人到中年，变得固执，以为美
就是不完美
我放弃了过多的光亮、平整和繁华
开始喜欢素食，乡村
喜欢菜心里的甜，脚踩在泥土上的松软
我安于自己的衰老
像一块苔藓
安于自己的荣枯
它认为
所谓生死，事实上仅仅隔着一场雨水

爱情

据说它很甜。据说它有毒。很小的一粒
足以毁灭一个人
我还是忍不住舔了舔这粒糖球

据说它的中心有那么一点点
致幻剂，尝到它的人，不再顾忌现实和身份
但我还是忍不住剥开了它的层层包裹

据说它只是一团虚妄之火。看见火光的人
会像一只飞蛾，一次又一次扑过去
一次又一次，遍体焦伤

据说它是一把双刃剑，没有手柄
我了解过它的锋利和毁灭的力量
但有那么一刻
我还是忍不住用自身测试了它

不为人知

枯叶缝隙里，紫花地丁开出了细小的花瓣
不为人知
阿拉伯婆婆纳蓝着它的蓝，不为人知
蛇莓爆出了春天的第一粒红宝石，不为人知
木莲果内心从贮满鲜奶，到最后变成了纤维
不为人知
经历了冬天，不知名的小浆果
有的继续红着，有的发黑
有的已经从枝头掉落到草丛里
不为人知
坡地上
那些奢华的大理石坟茔的主人，他们生前
有过痛苦吗
那些无名土堆里的长眠者
他们生前有过幸福吗？
如今都已是时间里的秘密
而我尚在人间
我爱着你，我经历的秋凉与春寒
不为人知

春天：落叶记

据说，在一篇著名的小说里
一片画在树丫上的树叶
在冬天，曾经拯救过一个濒临绝望的人

是这样吗？在我居住的小镇
冬天，有很多叶子，一直在树上坚持
这使我怀疑，这附近可能隐藏着更多
需要拯救的灵魂

我还看到，因为阴冷，一些树，将细小的叶片
缩成一枚枚青灰的针
我想，那一定是一些更加脆弱、敏感的心
它们自己也在等待着拯救

初春时节，我去小镇医院探望一个朋友
经历了一个冬天，
病床上的脸，泛起了红晕
而窗外，一场迟来的落叶，正在纷纷扬扬

——这让我几乎相信了神迹

秋风赋

蟋蟀叫了几千年，有谁仔细聆听过那些叫声里某种
执拗的东西？
蝉鸣三月，有谁留意过那最后一声
究竟是什么时候消失的？
赞美萤火虫的人，谁用目光，搀扶过那一盏
跌跌撞撞穿过雨夜的微弱小灯？
大地上辛苦的喧嚣似乎尚未减少，山间坟茔的沉默已日渐密集
秋风急，秋风凉，秋风中
有多少歌声的遗产没有被来得及继承，又有多少难言的悲怆被
落叶一样扫除
一代一代，无声无息

百床博物馆

有一百张床，就有一百种睡眠
一百种喘息、梦和病痛
一百种不同的人生

幸福，并不取决于床的质地。花梨、紫檀或者
大红酸枝

躺上去，把自己放平。有人就此
放下了生活的负累。也有人
继续背负着，辗转反侧，苟延残喘

也有人会把自己放逐。进入另一种生活，或者旅行
有人会很快回来，重新回到熟悉的生活
有人，就此进入另一种路途
床，就成了另一个车站或者码头

到最后，床上的人都去了别处
死亡空着。床也空着

不再有人躺下的床，真正开始了自己的生活和命运
它的生活，主要由回忆构成
细细的灰尘下面，是汗渍

表面的包浆、榫卯缝隙里的痒以及木纹深处
主要由回声构成的寂寞

时间正在磨损其中的细节，最终
将把它还原成一无所知的木头

挂在墙上的外套

并排挂在墙上。它们属于不同的主人
偶尔，借助从窗户外
刮来的风，左边外套的一只衣袖和右边的另一只
碰到一起——
它们只能依靠纤维感知彼此。但已很满足
它们想起不久前，在小树林里
那两棵树，近在咫尺却无法触碰
只能靠落叶的嘴唇交谈
比起那两棵树，它们的主人是幸福的，它们也是
它们曾借助两个人的拥抱完成了自己
想要的拥抱
后来，他们的主人拥有了另外的外套
他们去不同的地方。遇见不同的人，有了
不同的拥抱
现在，床空着。房间空着
只有两件挂在墙上的外套，借助一阵
来自窗外的风
紧紧靠着，像一对情侣——
带着外套下逐渐消失的两个人的体温

枕中记

床是车站。而枕头是枕木
很多夜晚，我耽于这样的旅行

有时是在自己附近。有时
去了很远的地方，以至于返回时，感到有些倦怠

作为枕木的枕头，来自老家
母亲的手工。偶尔靠着它，我会进入一趟还乡之旅

有时候，它会是一本书。当我头枕卷册
感觉是进入了别人的生活
那些我未曾经历的生活，未曾
抵达的远方，让我痴迷

有时候，它只是我随遇而安时自己的
一只手臂，我枕着它，陷入一场又一场白日梦
我梦见衰老的自己，穷尽了一生的愿望

很多时候，我沉溺于这梦幻带来的感受
这是生活不能给我的
但这样的梦，消耗了我对现实的热情。有时候

我不得不制造一场车祸，把自己解救出来
"仿佛完成一次梦中跳伞"
醒来总是浑身酸痛，心有余悸

注：引号内借用了特朗斯特罗默的诗句：醒来就是从梦中向外
跳伞。

遮光之灯

1973 年，新疆吐鲁番出土了一副奇怪的眼镜
青铜制成的镜片上，布满了小孔
它的用途一度成谜
无独有偶，在西藏，人们用牦牛绒制成眼圈
兴安雪岭的鄂伦春人用马尾编织眼镜
生活在北极圈的因纽特人，没有牦牛和马尾
他们用驯鹿的大腿骨制成眼镜的形状
再用石针，凿出猫眼状的缝隙

经过考证，这些都是当地土著预防失明的利器
过多的光，让人目盲。于是，每个地域
被强光压迫的人们
都选择了因地制宜，遮蔽多余的光线

生活在一个亮光闪闪的时代
我时常提着一盏隐藏掉光芒的灯
它漆黑的灯芯，仿佛我
一个来自小地方的人的审慎、隐秘的胎记

海边暮晚

岛被夜色吞没。海被海包裹
星空与鱼群混为一谈。潮汐和呼吸也是

朝代远去
如果烛火在此时亮着
波浪就会送来一个人的消息

夜雨寄北

此刻，夜雨中的窗口更像一座码头
窗沿的海岸线。烛台的礁石

而蜡烛是一座微型灯塔
彻夜燃烧

此刻写信或者眺望
想象你归来，带着一身深海的气息

像一条船靠了岸，黑色的橡胶轮胎
碰到了码头边沿
你微微倾斜的嘴唇搁浅了
溅起的浪花，打湿了她一侧被烛火映红的腮边

在一支外国歌曲里读一首唐诗

我在听一首歌。也在读一首诗
准确地说，我是在伴着歌声读一首诗

音箱里是一个老男人低沉的嗓音
他的爱人和别人消失在了雨夜

而一千年前的那首诗里
一个男子的妻子还在一扇下雨的窗前等待

雨水是所有音乐的背景。或者也可以说
雨是所有故事的背景

此刻，一件蓝雨衣只是雨的道具
披在歌声上面

此刻，西窗也不是一扇窗，而是开在雨夜胸口上的
一朵彼岸之花

雨还在下
十二月的纽约，克林顿大街上的喧哗彻夜不停
雨水冰冷
雨幕后，是一个老男人深井一样的嗓音

雨在下
时间过去了这么多年
音箱里的歌词早已选择了原谅
而暗蓝的巴山下，一支孤独的红烛还停在诗里

那首从唐朝寄出的信，不知道消失在哪里
而我这首在夜雨里写下的诗
也不知道寄向何方

来，让我们谈谈如何进入大海

你要像一滴雨滴，去敲开大海的头盖骨
看看那些茹古涵今的思想
大海的思想
但首先你要剥开海水的皮肤，看见层层波浪
你要忽略那些表面的波浪，怎样簇拥着一艘大船前行
你要继续进入，看看压进海水中的吃水线
看见船底，背负托着巨大的船身的波浪
你要继续向下，看看更深的地方
事实上是那些在更深处涌动的水
暗中托着船行走。而有些水则恰好相反
你要继续向下，进入更深的水域。看看它们怎么样
压着那些深处的事物和一座礁石
你要设法进入其中，然后你会看见一座
教堂，在它空旷的大厅，一盏灯
在孤独地燃烧
照着大厅内，一艘船的残骸

钟声

钟声，住在钟里面
一小团火，住在一盏青灯里
一个枯寂的人住在自己身体的寺庙里

一根黄昏或黎明的光线反复撞击着
肉体的殿堂。肋骨的穹顶以及
心脏里的铭文

一个沉默的人。有泥质，封印的嘴唇
他不会让钟声泄露
他耐心地收集着来自生活的撞击

那么多的暗伤。那么多
无处倾诉的悲苦
在他的内部
回旋、奔突，但它
不会腐烂，时间久了，它会变成固体的光
沉淀下来

偶尔，它渗出体外，在一张脸上
幻化出
异样的光泽

更多的时候，它像埋在我们腹中的一粒
药丸。在发炎的溃疡面
逐渐缓释的胶囊

蝴蝶之重

我相信一只蝴蝶背负的重量

约等于 21 克、104 克拉，灵魂的重量

如果偏重了，说明你还有未曾卸下的负担

如果偏轻，说明你对另一个灵魂有所亏欠

蝴蝶飞舞

一阵来自天堂的风托载着它

光线穿过半透明的蝶翅

薄薄的阴影里

一边，是尘世的眷恋

一边，是对另一只蝴蝶深深的悔意

湖水的记忆

湖水并不比人世更加寒凉
它的悲伤总是来得缓慢退得也慢
春水涨起，两岸的桃花已经把花瓣铺满水面

它依旧记得，去年冬天
一个来湖心看雪的人，凿冰烹茶
未喝完的雪，依旧蓄积在它的胸口

只有湖水记得夏日傍晚，情人们的嬉戏、呢喃
记得最后一个人离去时，投下的暗影
只有湖水收留了她幽怨的眼神

而当秋风起时，满谷的落叶飞舞
只有它还记得夹竹桃炫目的怒放
有毒的美，让一面湖水也泛起了中毒般的酡红

只有湖水的记忆是可靠的
在一个十岁女孩溺水的地方，一个体型肥硕的男子
纵身一跃，溅起的水花，怎么看也像女孩发出的求救

湖泊

湖泊有一股神秘的力量。这种力量在你
未曾抵达湖泊之前，就能感觉到

首先是一股潮湿的气息，植物和女性
的气息在控制着周围的一切

然后是我们对于水下世界的好奇。每座湖泊下面
都生活着我们不认识的小孩，他们会湿漉漉地
爬进你的梦中

我记得少年时代的梦，被一个少女
水草般的长发缠绕。醒来的枕边，总有某种
挥之不去的腥味。而白天的湖泊，会被收起
装在她的身体里。仅仅留下脸颊上
墨绿色芦苇掩映着的两孔深潭似的眸子

荷塘

我记得清晨荷塘边的人
举着自己含苞欲放的青春，像举着一枚雷霆

我记得傍晚时分，漂在水面上的那些白色花瓣
像一艘艘水葬的白色小船

覆盖着肮脏的塘水
像一个缩微的动荡的人世……

而次日清晨，碧绿的荷叶上，滚动着清亮的露珠
这隔夜的雨水，多么像
我看到的那些前世，无辜的眼神

海边空屋

远远望去，它是黑色礁石上一个更黑的点
一个偏僻的小渔村。一处无人的海岬
它的主人已不知去向
船木的桌子上，一截尚未燃尽的蜡烛
裸露着黑色的灯芯
偶尔我会来这里。站在靠海的窗口眺望
仿佛站在世界的尽头，眺望另一个尽头
到了夜晚，什么也看不到。
听到潮水漫上来。黑夜从身后
另一端漫上来
它们把屋子变成了一座孤岛
我感到了孤单，感到自己站在黑暗的中心
又有一次，我外出很久以后归来
小屋的灯居然亮着
远远望去，仿佛光明的中心
——它的主人回来了
四周的黑暗翻滚着涌向它
黑压压的信徒，涌向了它们的教堂

柔软记

从饥饿童年里一只新出笼的馒头里
柔软找回了最初的记忆
当我还来不及仔细品咂它的滋味，生活
已经成为一碗坚硬的稀粥
再后来，愈加咸涩的成长，把我腌成了一只咸鸭蛋
脆薄的蛋壳，小心翼翼地包裹着
一枚永远无法孵化的蛋黄。但还是免不了到处碰壁
而中年以后的人生，仿佛已是
冷却后的火山。只有手掌间
残留的灰烬里，保留着一丝尚未褪尽的温热
——那记忆中的岩浆，来自一位女性的胸前

它曾滚烫，柔软
仿佛来自另一个星体的物质

第三辑 悖谬之诗

我相信只要坚持仰望

星星就会落在秤杆上，天上的法则

依旧可以衡量人世间的分量

船与渔火

一艘大船泊在港面上
没有风，大船一动不动
但我知道是海水在咬紧牙关，用含盐的骨头
支撑着它的全部重量

年轻时，我以为承受压力是难的
而举重若轻则更难
但现在，我知道，举轻若重也不容易——

黑暗的水面上，一盏渔火微微晃动。为了
不让它淹没或漂走，海水同样
在暗处支撑着它
使用着和支撑万吨巨轮同样的力量

檀头山姊妹沙滩

很显然，它经过了上帝的
精心设计：一道狭长的沙堤，隔开两边
相互对峙的沙滩。一边是细软的诱惑，另一边
是砾石的磨砺。它更多地被理解为
一个象征。但事实是，我的体内的确存在
这样一道沙堤：从前的少年，被饱胀的情欲
和道德的罪恶感
双重夹击。而现在，它让一个成年男人
在生活的逼迫，和内心的失落之间
寻找着平衡——
它两边的潮水主要由疲倦、热爱和伤感构成
其中蕴含着住房、家人、应酬等众多的沙粒

冬日海滩

云层压低了海面
因为冷，
冬日海滩把礁石缩成一粒一粒的黑点

最小的一粒
正在做梦
鱼群和光线穿过他冬眠的身体

远处的海岸线
落日挤出疲惫的水滴
竖在空中的渔网，正在打捞一天的最后一拨潮声

仿佛历尽了一生
最后一批渔民从海上归来
须发如深海的绿藻，空荡荡的身体沾满盐斑

江心洲

有时候是一颗黑痣，挂在眉心
让一条拧紧的河流，稍稍改变了流向

有时候，是胸中
块垒。被九曲柔肠包裹。被一阵又一阵的
楚歌浇灌

有时候，看上去是一座孤岛。但事实上
只是冰山一角

在它看不见的下方，有体量庞大的根基
暗中左右着一条河流的走向

写作

"写作就是双倍的生活。"
"写作，就是第二次生活。"

我不知道上面这两种翻译哪个更接近加缪本意
作为一个业余写作者，我同样也在探测
它和生活之间的距离
它们偶尔重合，彼此纠缠
多数时候，它们大相径庭，风马牛不相及，甚至
老死不相往来
但我仍在固执地用写作置换自己的生活

我把烂泥潭置换成新鲜的海水
把沉沦的灰烬置换成上升的炊烟
把搁浅的舢板置换成孤筏远洋的独木舟……
就这样，年复一年，我把世故乏味置换成
热切和勇气。但究竟，我是用虚构置换真实
还是用错置换对，我同样不得而知

当我离开、消失，会不会有另一个人
从纸的另一头赶来
尝试探测或者
继续我的生活，那已经经历和未曾经历的？

在青田和诗友谈论现代性

高速公路进入溪谷纵横、九山半水的青田之后
始终选择与瓯江平行
这就是现代性，首先要考虑的问题：
先要学会与传统并行不悖
而后才能因地制宜、因势利导
而一条从石门洞崖壁上呼啸而过的高铁
同样告诉我们：
所谓现代和后现代，有时候需要大胆凿穿
传统的崖壁，需要从不可能处
破壁而出
这座著名侨乡，满大街异国风情的建筑
也在向我们显示，现代性
即意味着更多的开放和包容
晚餐时刻，好客的当地朋友，招待我们品尝西餐
面对青瓷餐盘里的 5 分熟的牛排
我们其实已经不必纠结于现代性的形式，究竟是
左手拿刀右手拿叉，还是正好相反
就像这块盛在古典餐盘里的半熟牛肉
现代性的终极目标，就是选择用最合适的方式
去大快朵颐
所以，老板娘，请给我来双筷子！

山中一日

有一年，我在附近的一座大山里面闲逛
追着一只蝴蝶误入了一处山坳
大朵的辛夷在枝头开着，地上铺满了紫色花瓣
那只蝴蝶忽然不见了，草丛中露出了几厝荒弃的坟茔
我忽然感到了一丝异样的寂静
转过身去，我看见生活的地方，只是很远处
隐约的几户人家
几粒更细小的人影在进进出出
空气中浮动着某种透明状的波纹
已经变得不怎么真实
我忽然看到了另一个我，那个正在生活中的我
我试图呼喊，但发出的声音过于细小
并不被听见
就这样，在一个山中的午后
在无边的寂静中，我看着远处的那个我，在浮沉、辗转
很快度过了漫长的一生
而我也似乎隐约感到了什么是奔波一生的徒劳
什么又是转瞬即逝的无常

芦苇与鱼

岸上挤着一大片芦苇
海里游着一尾鱼
一道堤坝横亘在它们中间

开着白花的芦苇，野茫茫一片
带着大海游动的鱼，只有一条
一条堤坝横在它们中间

人世间到处都有这样的芦苇。面目模糊，一棵
挨着一棵，密密匝匝
一棵芦苇的孤独，淹没在众多的孤独中

而在你知道的海水内，只有一条鱼，拖着整座大海
艰难地游动
孤单的鱼，在海里流着眼泪，但不被看见

一条堤坝横亘在中间

——这就是真相
你的外表：芦苇的孤独
你的内心：鱼的孤独

树与河流

有时候我觉得它们是同一样事物
每一棵树内，都有一条垂直的河流

如果你换个角度观察，河流
也只是一棵液体的大树

一棵树的体内，也有激流、有波纹
有我们看不见的浪花的喧响
我们看到的巨大的树冠，并非它全部的流域

而在正午或者月夜，河流
也会暴露它树的本相：
细密的鳞片如同无数闪闪发亮的树叶
如果打开它的横截面，同样会收获
一张有关命运的密纹唱片

此间的不同在于，河流自己从不回望自己的源头
它总是聚拢起无数支流，逐渐向前
而一棵树，即使沿着分汊的河床流向虚空
它的根也会牢牢扎进泥土

所以从某种意义上讲，树是河流的起源而河流

是树的终点

去吧，沿着河流的方向，它能带你抵达远方
去吧，沿着树的方向，让它带你回到故乡

芦荻之辨

我曾指给你芦花与荻花的区别
喏，那蓬松细密的，那清白舒朗的
事实上，它们的区别并不大，
它们都有过被称之为蒹葭的青涩时光
有过少女如瀑布般的青丝，有过秋风
一天紧似一天的逼迫
有过一夜蒙霜之后微微发红而后迅速变白的发际线
人群中，你看到过一个老年妇女和少女一样
清澈的眼神吗？你看到过
一个少女和一个中年妇女脸上同样的忧戚吗？
所以请你不必刻意去区分它们
"枫叶荻花秋瑟瑟"
"芦花开了，野茫茫一片，
人世间到处都是茫茫无用的真情"
你看它们并肩站在那里，一个并不是一个的另类
而是苍茫的孤独，是孤独的复数

入夜的诗行

高耸的楼宇仿佛竖写的诗行
却难以寄寓古典的乡愁
入夜之后，一些窗户的灯火次第亮起
仿佛一些发光的句读
让冗长、险峻的诗行，有了缓和的停顿
我拥有其中的一扇，却从未体会过回家的感觉
这没什么，每个人其实
都是借居者。从更高的层面来看
我们脚下的地球都在流浪
我在这样想时，天又黑了一些
这些巨大、垂直的诗行，已经完全与夜色融为一体
夜半时分，灯火俱黑
只有楼宇顶端的红色信灯，还闪着几点
微弱的红光
仿佛在安慰着低处的人间，又仿佛
在替我们，向微茫的苍穹发出求救的信号

黑暗中的文峰塔

河堤控制着流水。如同下沉的暮色
控制着这一带的寂静
文峰塔在黑暗中伫立，谁在控制着它

当它发光：神点燃了手中的烟卷
当它指向天宇：
一只无形之手，握住了一支发光的笔

哦，谁在思考？谁又在书写
动用了整个夜晚的黑和流水的墨色
谁用如椽的点睛之笔，将泥沙俱下的生活
转化作了流水中
亮光闪闪的游鱼以及夜空中的灿灿星斗？

马

有时，隐藏在云层之间
有时，隐藏在海水中央

马蹄声，从闪电中响起
波浪隆起如同马鞍。那个驾驭它的骑手呢？

哦，这就是那只传说中孤独的马匹
试图在人群中寻找
同样孤独的骑手

天苍苍海茫茫。一匹海天之间奔跑的马
因为辽阔而不被看见。因为

切慕远方
一遍又一遍弓起青黑的脊背

流水浮云

有时候，风平浪静
白白的云，在河水中投下倒影

云飘得越高，它倒映在河水中的影子就越深
像一个人，离开得越远，另一个人
心底的划痕就越清晰

这是我能想到的浮云和流水的关系
但云也许只是无心地飘。流水
也许只是自顾自地流淌
它们也许互不相干。像云
并不知道它在水中留下了倒影 像流水
并不需要知道
正是这些漂浮在虚空中的东西，增加了它的深度

寒冷让大海闪闪发亮

寒冷把大海凝固成了一面镜子
把附近的渔村倒映其中，仿佛我们拥有了另一个家园
我想，这就是诗——
有时候，有些暖意必须通过寒冷才能抵达

一艘船贴着水面
天与海的分界线缓慢滑行
——那也是诗，它不能走进大海更深，也不能过于高蹈
它得在生活真实和虚幻的接缝之间行走

高高的桅杆，倒映在更深的水下
我觉得，那也是诗：
它的顶端无限接近星空，而它
深入水下的倒影，同样在替我们探测生活最低处的
微弱星光

漂木

成为漂木之前，它应该是一棵树。有其根本
和繁茂的枝叶
后来，它被镶嵌进一艘船，在海上漂移
遵从于
一艘船的意志和方向。
再后来，这艘船因溃败于时间和波浪而被拆解
它成了一根漂木，沉浮于
波峰和浪谷之间。
自由了吗？当然没有。它依旧
屈从于洋流的驱使和海浪的噬咬
逐渐朽腐的躯干里，长满了孔洞
它不再执着于对岸上某一片森林的渴念
或者回到一艘船上缺失的部分
它甚至确认并喜欢上了目前的状态
仿佛，这才是它颠沛半生最终确认的身份——
千疮百孔的身体，成了另一些微小生物的家园
而它因礁岩碰撞和海浪噬咬形成的
某种类似命运、星象的纹路，
已经成为众多艺术家追逐的目标

变脸

舞台上，随着情节需要
表演者侧身一抹，一张陌生的脸出现了
又一抹，瞬间又换成了另一张。凶猛、诡异

据说，其中顶尖的高手，可以变出九副不同的面孔
而变脸的原理
至今秘而不宣

但事实上，生活中，很多人对此早已心领神会
他们的演技远比舞台上表演者高明
川剧变脸，使用的是不同的道具
他们只有一张面孔
却能在不同场合，变成不同的角色

此间的不同还在于：
无论变换多少张脸谱，到最后，川剧表演者
总会向观众还原他真实的面孔
但我们到最后，很少有人能记得住自己原初的模样

我们也有最真实的一张脸，然而我们漫长的一生
使用到它的机会最少

乌鸦之诗

很少看见乌鸦在白天飞
这神秘的黑衣人，黑暗的使者，总是伴随黄昏降临

乌鸦在夜晚飞，像一小块悲伤，不被看见
像一小块黑，带动着更深的黑
带着大地的轴心在黑暗中转动

乌鸦的确很少在白天飞
如果你在白天，看见一只乌鸦在飞
那其实是一小块醒目的夜色，突然降临
那其实是一小块悲伤，带动了更大更严重的悲伤

图钉与钉子

钉子偏执。唯一想的，就是咬住一小块木头
或者被木头咬住。为达目的，不惜忍受重锤的敲击

图钉美丽，圆滑。总是试图
用最浅的方式拴住最庞大的事物。但结果
一阵轻微的风就吹掉了地图，连它自己
也不知掉到了哪里

钉子露出表面的部分，挂衣服、书画、镜框
没有什么好挂时，钉子就悬空在那里
时间久了，露出表面的部分已经生锈

我想，这也许就是爱或者恨的过程
那些貌似炫目、辽阔的爱情大都
浅尝辄止，无疾而终

而有些，却像钉子
当最初的痛苦，已变成隐痛
留在深处的，似乎已经可以彼此忍受
似乎已经融为一体
习惯了彼此的痒痛

但不是，在我拔出一枚锈钉之后
它隐藏的部分
依旧尖锐、锋利，闪着冷冷的光芒

玻璃上的雨滴

有的跑得快，有的跑得慢

有的垂直落下，有的

会突然斜插过来

有的流着流着突然拐了弯

有的一直流到底，落进了更深的玻璃缝里

（在幽暗、逼仄的缝隙中，它将经历怎样的旅途？）

其中有一滴，似乎

固定在玻璃上一动不动，像汪洋大海中的一粒礁石

还有两滴，在急遽的下降中、在缓慢的滑落中

忽然认出了对方，它们试图挣扎着靠近

最终，还是淹没在更多的雨点中

哦，雨！拥挤的，凌乱的、密密麻麻的，幸福的、悲伤的、无依无靠的

所有奔跑的雨滴，都是遗落在尘世间的一件遗物，带着无人关心的命运

所有将死的雨滴，都像是初生的婴儿

带着干净的、无辜的眼神

午间睡眠

一次午间睡眠，恰似一次短途旅行
有时候是在深海，
有时候是在旷野，四下空茫
仿佛一个人走在去岷山的路上

有时候，你会成为另一个人
在陌生的地方展开你的生活，幸福、忧愁
你可能在瞬间老去，也可能在其中陷入困顿，挣扎

而当闹钟像一架喷气式飞机，用巨大的轰鸣
把你运回现实，你会发现
你在梦中的经历
并非都是虚幻

你会看到床头
一个刚刚醒来的人，还保持着梦中跋涉的姿势

摩天轮

孩子在上面咯咯笑着
脸孔因兴奋涨得通红
有几次，因为抛得太高太快发出了惊声尖叫
我站在下面，有点担心但并不慌张
在巨大的轮子中间
有一个坚固的轴，被死死卡紧
而孩子身上也有我亲手检查过的牢固的绳索
即便重心向下，也不会被抛离
"人生并无多少意外"
那些貌似危险
和刺激的场景，其实都在预设的掌控之内
我想起自己早年的经历
那些在波峰浪谷之间的行走
有那么几次
我试图借助潮水的冲击把自己摔到生活之外
但事实上那些不同形状的海水之中
同样暗藏着齿轮和轴承
那些精密的咬合
构成了支撑也构成了束缚
那暗处的力量，并不被他控制
"找到它，毁灭它。"有很多次，他尝试过这样努力
但却依旧是徒劳

孩子继续在摩天轮上旋转，尖叫
总有一天，他将挣脱束缚，将自己抛向
更远、更广阔的地方
一个更大的摩天轮
而我，也许会继续屈从于生活惯性
和它固定的轨迹
直到中心的齿轮慢慢磨损，朽腐

陀螺

台风过后的空气依旧沉闷。黄昏压低了
奉化江边的岳林广场，一个男子在抽打陀螺
随着清脆的鞭音，两只硕大的陀螺飞速旋转
发出炫目的光亮
鞭声越清脆，它们旋转得越快，光亮就越炫目
很显然，这个男子已经掌握了抽打陀螺的技艺
两只陀螺，按照不同的轨迹旋转，却又从不相撞
看起来那么完美，一切都在他的掌控之中
慢慢地，男子的抽打已经有了表演的成分
他又加入了第三只、第四只……
他娴熟地控制着它们的旋转
围观的人越来越多，掌声
也越来越热烈
我默然推开人群
一个被生活抽打，被迫改变自身轨迹的人
内心依旧留着几道鞭痕
依旧惊惧于那些不相干的脆响
沿着奉化江，我离围观的人群越来越远
身后的掌声逐渐寥落
只有清脆的鞭声还在空气中爆响
它响一次，身边的奉化江就痉挛一次
响一次，痉挛一次。而在
路灯的照射下，幽暗的江水看起来也像一道鞭影
抽打着夜色中的城市

蒙在鼓里

他们要告诉我一个好消息。我摆一摆手——
一个普通人，一生的好消息不会太多
请让我像那个等待糖果的孩子
请让有限的甜蜜，在路上多停那么一会儿
他们又要告诉我一个坏消息。我依旧
捂住耳鼓——
生活的鼓面上，不幸总会像尘埃一样落满
这么些年，那些浮尘
那些随着鼓点迫近的坏消息
让我的心脏一次又一次
承受了比鼓面更加剧烈的震动
据说，无论怎样锤击，一面鼓的内部
总会保持着平静
仿佛台风中心，那只神秘的风暴眼
那么，请让我继续蒙在鼓里
就像海面上一叶小船
即便风暴来临，巨浪已经开始旋转
请让我一无所知地停泊在
短暂的宁静里——

打水漂

一个，两个，三个……父亲扔出去的石头
在水面上旋转、跳跃，一连串水漂之后
才不情愿地落进湖水
孩子脸上满是钦慕

"喏，你要尽量拣薄的石头，然后
选择合适的角度扔出
让它保持水平、快速旋转"
父亲耐心地教给孩子打水漂的法则
但他知道，是石头，总归会落地
一天，两天
十年，百年

无论你拣选到怎样合适的石头，使用怎样的手腕
无论激起的水漂有多少
总会有湖底的一小块淤泥，等待着它的落地
在人世，这块更大的汪洋里
总归会有一片湖水，像一个冷静的眼神看着它
它承载它的旋转、跳跃
也收留它最后的无声无息

但父亲，还是继续认真、耐心地
教给孩子打水漂的技巧

第四辑　时间之灯

它未曾经历过完整的黄河。像一颗

不死之心

依旧有一条河流在它的内部川流不息

幽暗的水面下，依旧有一盏期待被点燃的灯

时间之灯

有些花就是为了凋谢而生
美就是无可奈何的流逝

玫瑰是
辛夷也是

"你送我的玫瑰，让我一直醒着。"
野上美枝子对吉尔伯特说
黑暗中，她听到了玫瑰花瓣敲击的锥心之痛

一千五百年前，王维也听到了这种声音
那一天辋川春光明媚，一盏盏奇异的灯
在无声中爆裂
但是他却听到了咚咚咚的敲击声

一种时间荒阒中
巨大的流逝之音

在涧户
在辛夷坞

在废弃的采石场

如果不是熟人带路
我不会找到这里

裸露的山体已经重新被荒草掩映
一株芭蕉，从被凿开的石缝里长了出来

那些被运出去的石头，变成了漫长的道路
高耸的建筑和不朽的功绩

这些山体留下的矿坑
已经成为落叶和山雨的载体

一将功成万骨枯
我想到雨水中的金字塔，古罗马斗兽场
和迦太基庭院

我想到被钢钎磨出的老茧。结痂的血泡
弓起的腰背和青筋暴露的小腿肚

很多年，那些叮叮当当的斧凿声，似乎还在
敲打历史的骨头
那些被斧凿出的火星，还在词语的矿洞深处闪烁

有多少功业被立起，就有多少深坑被挖出
有多少石头被运出，就有多少深坑被雨水封存
时间充当了所有事物的天平

不会被再多的喧闹打扰
我们走后，寂静将重新统治这里

那些伟大的遗址，将在远处的雨水中继续腐烂
这些岩石裸露的伤口，将继续考验时间
和草木的耐心

在大港头谈论乡愁

一个宁静的小镇。一条江水穿镇而过。
村口，几个闲散的人。一棵古树。一个埠头。流水
晃动着一些古老或者
新鲜的光阴。

伊甸说，这个村口，符合中国人
乡愁的理念。
我扭头看江面，看山气。又看村口。然后
点头称是。

这乡愁忽焉似有。但很快会转浓。如果有人
从这里走出。很多年。
如果山岚转淡，江面上的雾气
能散去一些，如果那艘来接我的船已经抵达埠头。

当然这乡愁也可能会更浓一些，如果上面的第三
到第四行诗是这样：一些新鲜的日子正在老去，或者
已经古老。

如果这乡愁要刻骨铭心，那么上面的第一
到第二行诗
要这样写：埠头下的船

已经走远

江水继续流淌。村口，只有一棵老树。已

没有人。

2014.10.27

岩下寺

据说，最初，它是山顶上的一块石头
因为绝望而崩裂。借助雷声
把自己沉进了谷底

后来，这些碎裂的石块，借助
一本经文里的秩序
把自己，一点一点，从谷底搭了上来

很多年。借助钟声的抚摸
这些石头
逐渐磨平了表面的粗糙和内心的悲戚

现在，当我站在山下，一个足够远的距离眺望
借助逐渐合拢的夜色
一座小寺把自己压缩成了一盏灯的光亮

注：岩下寺，在浙江苍南境内。

青瓷小镇

这是哥窑。这是弟窑
这是冰裂纹
这是高级的梅子青和粉青

在青瓷小镇
我们聊到诗。好文字的质地，仿佛
青瓷釉色上的那一抹清凉

但我们很少提到
在它产生的过程中，我们内心经历过的类似
窑火一样的炙烤和煅烧

2014.10.27

潭柘寺

古道如老藤
一盏寺庙，挂在藤蔓的扭结处

燕云十六州风雨如晦
潭柘寺一灯如豆

时间的雨滴
击打着一页泛黄的经卷也击打着
一帙发白的圣旨

潭柘寺不动
京城不动

一个王朝过去了
又一个王朝过去了

京华烟云和古刹秘史，如同天王殿前
那口铜锅里熬煮的稀粥
已不辨彼此

现世安稳。钟声
在一口旧钟里隐居
一尾石鱼，游回了书库里的经文深处

春秋古柏

甘肃天水南郭寺内，有一棵古柏
据说与孔子和释迦同龄
杜甫客居秦州时，已称其为老树
两千多年来，它听风、听雨、听渭河的水波
依靠吮吸日月精华
长成了现在的样子
它应该也听过僧人的经声、老杜的苦吟
和芸芸众生的倾诉
但我相信，除了儒释道的那些教义，它的体内
肯定还存在另一种神秘力量，支撑它活到了现在
此间作为证据的是
两千多年后，它巨大的躯干分为三枝
一枝超越了死亡，枯槁的枝干伸向天空
一枝斜卧，和一截刻着经文的石碑，互为倚靠
这说明，它已经成为信仰的一部分
还有一枝，高高的树冠四下张开
它依旧对人间疾苦保持着敏感
一年一年，它在木鱼的敲击声里，长出了巨大的树瘿

黄河石

我的书桌上压着一块石头。一小截
凝固的黄河

它来自它的上游。或者更远的地方。一次雷击之后
山体的崩塌
然后带着粗砺、尖锐的棱角，一路泥沙俱下

多少流水的冲击
多少年代的歌哭成就了它现在的沉默

那些凹痕、斑点，多像是沿途
它曾经过的那些村庄、码头、驿站
亮过又熄灭的渔火
那些神秘的纹路又来自哪里
那些浪花一样，曾在长河里出现又在长河里消失的事物?

现在，它静伏在桌面上。冰凉，光滑，通体黝黑
它在纸上旅行。侧面的褶皱里，依旧压着无数
欲说还休的涛声

它未曾经历过完整的黄河。像一颗
不死之心
依旧有一条河流在它的内部川流不息
幽暗的水面下，依旧有一盏期待被点燃的灯

云梦泽

春秋不只是一个时代，是整个时间
云梦湖也不只是一座大湖，而是一只
时间的眼睛

云梦泽，梦其实就是湖泽
湖泽就是梦，开开合合，载沉载浮

睁开眼，是《国策》里游猎的楚王
闭上眼，是时间深处的一场瑰丽、冶艳的大梦

云梦泽
沉下去的，是《禹贡》和《山海经》里不断变幻的版图
浮上来的，是《子虚赋》里的乌有之地
是《离骚》里的忧愤之所

沉得最低的，是历史的过往烟云
升得最高的，是凝视它们的诗人之眼——

他们的衣冠，早已化作巍峨群峰、静水深流
他们的诗句，已成云梦泽上空的灿灿星斗

庚子冬，汨罗江畔逢雨雪，
想起大历五年的冬天

前往屈子祠的途中，忽然下起了雨夹雪
又湿又冷的天气
和大历五年的冬天有什么不同
搁浅在冷雾中的小船
和出现在那年冬天江面上的孤舟
又有什么不同
大历五年的冬天，我们究竟失去了什么
彼时的人们一无所知
整个帝国都在风雨中飘摇
没有人注意到，汉语江面上
一盏瑟瑟发抖的渔火，
我们只是从后来的史书上看到这样的记载：
一代巨星就此陨落——
是的，巨星，所有的记载都毫无异议地动用了这一大词
但在彼时江面上，只是一盏又瘦又小的渔火
因为雾气笼罩，我们竟然看不清
它究竟是耒阳江还是汨罗江
我们只是在后来知道
大历五年的冬天，一盏原本不该
过早熄灭的渔火
熄灭了

这就是诗歌的命运：它能用词语建造广厦和理想国
它能够安放一个又一个庞大的时代
却无力守护自己怀中
一盏渔火的跳动

西夏王陵

很明显，这里只适合黄昏的造访
几个巨大的土堆
像倒扣的酒杯，里面的血浆已经被时间啜饮殆尽
此刻它们被夕光拉长的阴影，加重了这一带的荒凉
我来到这里是试图借此辨认自己的身份
作为曾经在这附近长大的男人，背井离乡之后又再次返回
我是党项人的后裔吗？那些繁复的文字我无一能辨认
我是北宋年间的某个汉族戎卒
的后代吗？我的基因里，明显有着桀骜不驯的血液
在自我放逐的江南水乡，明显地感受到了身体里的不适
我长久地凝视着这些沉默的土堆
但没有人走出来和我交谈
长眠于此的人，曾经横跨铁蹄
让文明的天平一度倾斜
现在，它们看上去，只是几个被废弃的秤砣
一根穿过缝隙的光线充当了秤杆
它们
仅仅被用来称量此刻，寂静的重量

鸿山的秩序

一座仅 80 米高的土丘。但已经是
这里最高的海拔
高居山顶的泰伯墓，让我想起了田纳西
那只著名的坛子

一道由日、月、星、辰构成的墓道，
整饬，森严
一种不容置疑的秩序，
让我们的攀登，成为一种仪式

在它后山的腹部，几处不起眼的墓葬
埋着专诸、要离和梁鸿夫妇
散乱、随意的布局和山前的整饬森严
构成了某种强烈的反差

而这正是我感兴趣的：圣人、隐士和刺客
都已不在，但爱情和信义
仍旧聚集，不分等级地和谐相处

这说明秩序之外
另有秩序
在某种被推高的道德之外。在鸿山和鸿山之外

伯渎河

据说鱼肠剑在刺杀王僚之后，被坐实为不祥之物
神秘失踪

三千年后，我们在鸿山脚下的湿地公园里
吟赏春光
单樱胜雪，垂丝海棠香气里
含着某种麻醉剂的成分

时间早已褪尽了血迹
如今，诞生勇士的地方，已经被吴侬软语包围
春色的剑鞘，裹住了历史深处的寒光
一把剑究竟去了哪里？

事实上，没有一把剑能斩断时间。鱼肠剑
也只能让一小段历史阵痛、发炎
即使当年王僚不死，也并不妨碍历史
像伯渎河一样流淌

傍晚时分，我们观测过的水面泛起了细密的鱼鳞
仿佛传说中一把剑的花纹
——上善若水，只有它能包容时间的谜团
以及鱼肠剑一样尖锐、锋利之物

在伏羲庙前听秦腔

一个农妇模样的妇女，站在伏羲庙前
粗糙的肤色像一株沙柳
周围，站着一圈国槐一样的男人

听不懂她在唱什么
只是感觉
颤动的声带里，似乎有一条古道在延伸

逐渐高上去的声腔，苍凉，粗砺，仿佛砂石
击打着土丘
有几处突然的停顿，像是落日卡在了山垭
又像是渭水无声低回

围观的人群如古树静止。脸上
晃动着渭河的波纹
一个五六岁的孩子，也如老僧入定

接下来的声音里，一只孤雁从霜天里飞过
单薄的身影
持续摩擦着土塬

而当它在一声撕心裂肺般的悲鸣之后
戛然而止
仿佛一座肉身的庙宇关上了它的大门

浔阳江头怀古

这里是一段江水的拐弯处

这里也是一曲琵琶的
最后一个音符，一首长诗的尾句
一段漫长流逝之后，江心
月色的苍白

这里是浔阳，也是柴桑
是白居易，也是陶渊明
是码头，也是归宿

这里是大道，也是歧途
这里是江州司马，也是浮梁弃妇
是两行泪水的交汇处

逝水滚滚啊，这里只是万里长江的
一个逗号，一座礁石
是无数天涯沦落人，压在心底的一粒暗痣

儒雅洋古村

在两座水库之间，有一条溪流
在溪流的一侧，有一座古村
光阴闲闲，无论魏晋
一个村庄就像一个人，挑着一副流水的担子
有时候下游水库满了，就把肩头的重心
向上撸一撸；有时候上游水库满了
就向下挪一挪
挪多挪少，儒雅洋的村民心里有数
一副担子就是一杆秤，来自山顶的星星
镶嵌在上面，那是逝去的先祖
留给他们的戥星。除此以外
祖先还留给他们一枚秤砣——
一座位于村口的祠堂
无论世事如何变化，它压得住日子的盈亏满溢
也压得住人心里的日旱雨涝

夜宿楠溪江书院，听雨

溪声无需翻译。子规声里
藏着所有中国人都听得懂的家国之音。到了傍晚
这些都被遍地而起的蛙鸣替代

这里是楠溪江的支流。此刻我应该是借宿于永嘉四灵
一首绝句的某个逗点之下

木屋代替了草庐
明亮的 LED 灯光，代替了清苑斋晕黄的桐油灯盏

只有雨声无法代替。只有雨声还是最熟稔的旧邻
才从翁卷的茅屋中走出
又钻进了徐玑兄弟的窗户

到了后半夜，被山溪拧紧的雨线逐渐松弛
幽涧里的南溪书院，忽然显出了
旷古般的阒静

一枚松果啪的一声落下
那一定是等待徐玑的赵师秀，在敲着手中的棋子

成都谒杜甫草堂有感

像两盏将残的灯相互映照
一间摇摇欲坠的草堂，和一个帝国的命运
构成了互文

当最后一场雨沿着帝国的屋檐落下
浇灭了最后一缕火光
当最后一缕秋风，卷走屋顶的
最后一根茅草
一首诗
替天下寒士，发出了最悲怆的呼号

是的，到最后，草堂和帝国
都消失了
它们都曾毁于兵燹，动乱。也毁于时间
自身的衰败
但诗歌却活了下来
草木一样散落在世道人心。草木一样生生不息

很多年过去了
当又一阵风吹来的时候
那些被吹散的句子纷纷围拢，重新搭成了一座草堂
护佑天下寒士
也护佑身处广厦却无家可归的人

章华台

楚国郢都之野
茅屋的屋檐矮下去的时候，章华台就高起来了
细腰宫烛光摇曳之际，人间屋舍里的灯火就黯淡了

曲栏拾级
宫灯，一盏一盏
抬升着夜空的高度
最高处的，已经和星辰混为一谈

章华台，一座传说中的煌煌建筑
高上去的是楼台，是凛冽的人心
低下去的
是国运，是云梦泽水洼一样的满目疮痍

风吹夯土。如今，那些曾经高高在上的事物
都需要掘地三尺去探寻
那些曾经显赫的威势，需要借助
一枚锈迹斑斑的铜质门环上的光泽去加以想象

九层之台，归于尘土
没有什么是不朽的

风吹田野，时间的波纹又一次掠过了废墟上的稻浪

只有最后一位宫女的细腰，瘦成了一弯下弦月
还在映照着一座名叫龙湾的遗址

长乐古镇

长乐米酒酒浆清冽
时光的粗制纱布，已经过滤掉了多余的酒渣
这里的一切似乎都被过滤过
讲故事的人，过滤掉了人心深处的幽晦曲折
只留下脸谱上，清晰的善恶忠奸
踩高跷的人，用高高的木跷
过滤掉了人世间的坎坷
来自玉笥山的风，也过滤掉了空气中的血腥味
江水过滤掉了死亡的气息

只有一首诗，还坚持着，用原汁原味的
楚国方言，古老的拉魂腔
突然一声，把你拉回两千年前
那个风雨飘摇的国度

注：长乐古镇，位于湖南汨罗市汨罗江边，镇内有回龙门，传
为屈原尸骨发现处。

石门关落日

一个天然的悖论：一座著名的关隘和一尊
20 余米高的石佛造像
相会于同一块突兀的山岩

一个杀人如麻的将军
放下屠刀，转身
就成了佛

血迹隐于岩石。哀嚎散于风声。
只有峡谷内瘦小的流水
因为吞吃了太多的悲愤而变苦、变咸

都过去了。一列消失于丝绸古道上的驼队
一匹在尘世中奔波的蚂蚁
若干年后，我过关，暮色即将闭合
听到落日最后一声："咔嚓"

是的，落日

从左边看过去，像是佛祖身后逐渐消隐的光芒

从右边看过去，仿佛挑在刀尖上的最后一滴血……

2015.8.12

注：石门关，在宁夏固原黄铎堡境内。为唐宋时期著名关隘。唐与吐蕃，宋与夏常年在此交战。史不绝书。

莫干山访剑池

纵身跳进熔炉的一刻，她其实
已经完成了和一把剑的互换

同时完成置换的，还有男人的得失
王权的成败
一个国家的命运，可以说，已在此时注定

铁英融化。沸腾的肉体，其实比一把剑
膨胀了更多的愤怒
而接下来淬火的过程，其实是
把这种愤怒收敛进铁的内部
其实是把这种愤怒转成眼神里的幽怨

锤子的击打，只是逼出
她体内残留的爱与深情
只是让锋利和绝情
变成同一个词。只是让愤怒变薄，变得
更有弹性。最终
化成绕指柔或者英雄的腰带

干将、镆铘、泰阿、湛卢、承影、龙渊
西施、郑旦、王嫱、飞燕

没有比美更锋利的剑器
让壮士轻易献出头颅
让江山，轻易就改变了姓氏

故事结局，这些亡国的利器大都下落不明
伏尸百万的君王，需要另一种美
来抚慰伤痛
被私欲屠戮过的山河
需要沉入江底的事物作为祭奠

或是她们被反复冶炼的躯体
或是她们被诅咒或赞美过的命运

太平湖

一面时间里的镜子，它的裂痕
需要借助一个时代的残缺才能准确地描述
它的深度，需要借助
一个人内心的悲怆才能测度

国破山河在，太平湖也几经风雨
而历史何曾有过真正的太平？
生在风雨飘摇、金瓯残缺的时代是你的不幸也是
你的幸运

在你之后，龙山之外的山河
不知残缺了多少次
而太平湖仍旧完整
相对你而言，我失手打碎的江山都过于渺小
几乎不值一提

现在，环湖而行，我需要再次压住身体的漏洞
但湖面平静，仍是一面完整的镜子
它拥有遗憾，却未曾让人深知

一面大地上的镜子，倒映着完整的龙山
包括你的衣冠冢，一座形而上的建筑

这些都有足够的理由让我投去深深一瞥：

因为曾经的裂痕而获得了更深的深度
因为曾经的残缺而拥有了
更大的完整

注：太平湖，在浙江永康境内，附近有龙山，立有陈亮衣
冠冢。

良渚遗址：时间加减法

"废墟比生活重要。"
很多年后，一片重新暴露在日光下的陶片这样说

在良渚遗址，时间已经删减了太多的东西：
比如一堆 5000 年前的火光
火光下面的灰烬
灰烬里的
一只夹炭陶平底盘，以及盘子里曾经炙烤着的食物

"为了繁衍的生殖，比爱情重要。"火光后面
一张侧向阴影中的脸，减去了秀发、明眸
和纤细的腰身

"种子比生存更加重要。"
于是
时间再次减掉了所有的东西：粮食。爱情。家园……

最后的秘密，都融进了
对一粒稻谷的凝视
那里，收藏着一个古老部族文明核裂变的全部基因

寒山寺

它曾经在遥远的郊外。如同一位曾与它邂逅的书生
被帝国的科举，又一次排除在外
但那一次，命运
用他黯淡的前途换取了一首唐诗的光明

一千多年之后。我在另一个霜天里赶到
乌啼消失。客船远去。
一盏失眠的渔火
已经被替换为满城闪烁的汽车尾灯

一座旷野里的寺庙，已经被一座大城
包裹到了它的腹内
但我知道，每年依旧有人，从它身体的边疆赶来
敲响古老的钟声

第五辑 万物之谜

它的美，仍是唯一的遗址

它的香气，仍是唯一的线索

迷迭香

它长在回忆之处。一个充满幻觉的名字
它本身也许就是一个幻觉
它鹿一样的眼神，鹿一样无辜的美
它的香气曾是我唯一的财富：爱情、忠贞和友谊

昨天的棺木已被雨水抬走
昨天的雨水淹没了歌谣里的住址
请你把它抛进我的墓穴。请你忘记我

此后，人时已尽，人世漫长
光线依旧从林中透出：爱情、忠贞和友谊
它的美，仍是唯一的遗址
它的香气，仍是唯一的线索

薜荔之诗

一种荒凉的植物
往往，在人去楼空之后，才会爬满石墙和院门
越荒凉，越茂盛
这种奇异的植物，还会结出一种名叫木莲的果子
用它研磨的果胶
将会被制成一种褐色果冻
它软糯、甘甜，有一种
沁到骨缝内的清凉
能够抚慰夏日酷热的暑意
如果你不曾见过薜荔，如果你不曾
品尝过这种奇异的果冻
请你读读这首诗
你将能感受到时间
一种荒凉中的平静
请你继续读读这首诗，你将会看到
薜荔和它环绕的荒凉的院门
你将会看到一个守在其中的
荒凉的人
在耐心研磨一碗清凉的木莲果冻

雨

雨是从天上垂下的绳索
它到来是为了搭救一些什么——
在我们看不见的地下，一定有一些事物
在默默等待
也许是前世的草木，冬眠的虫豸，也许
是不久或者很久以前埋进土里的人
他们中的一些，已经带着他们生前的秘密
永远消亡了。有些
还坚持在黑暗中等待。带着生前
未尽的心愿
后来，雨到来了
一根一根穿过了我们看不见的重重阻力
进入了地下
然后，我看到他们
像草芽和蘑菇一样，露出了地面

雨滴

秋天如果是一个病人
雨水就是输液的点滴

滴进荒原，吸饱水分的枯草回光返照
滴进树林，一片树叶的脉络里
渗出最后的明艳

滴进深潭，一株白杨的倒影有了弯曲
一双凝望秋天的空洞眼神
有了一丝生气

滴进蛛网，命运的花纹里
出现了一串奇异的水晶珠链

滴进电线，一首正在演奏的乐曲
有了灵魂的战栗

但更多的雨，滴进了湖面——
像伤感，滴入了一场更大、更深的伤感

雪人

它是冷的产物
这些从天而降的事物，它们的前世
是另外一些地方的液体
死后变成了一些碎片。动荡、飘忽不定
现在，它们落下来，彼此聚拢
但其实，它们前世并不相干

现在，她把它们堆在一起，按着自己心目中的样子
给它穿上衣服，然后
又镶上五官

——她的雪人逐渐成形了，但它其实
曾是另一个故事里的主角
——她的雪人孤零零，那曾经是别人的孤独和忧伤
——她的雪人最终化了，变成了
另一个人眼睛里的泪水

她做这些的时候，有一个人远远地看着
但他并不会走过去安慰
他知道她和它一样，渴望温暖又本能地
拒绝温暖

霜

和雨，和雪都不尽相同。它不会独自存在
总是依附于另外的事物：田野、草坂、玻璃，一张
经历过深冬的脸

比雨水冰凉。比雪的花纹
更加玄秘。它在事物表面雕刻
和它接触过的事物，不可避免地
暴露出了内心的星象

它一般在凌晨三点到来，一架碾过天空的马车
随着清晨稀薄的光线
悄然离去，仿佛什么也不曾发生

只有在草尖、玻璃表面和一个人
眼神深处，留下了一丝
不易觉察的霜冻痕迹

在朋友的根艺馆

圣人、仕女、农妇、僧侣、布道者
在朋友的根艺馆，我看到众多的树根
被雕成了各种造型
每一件，都能随物赋形，各尽其妙

而朋友，显然比我更懂它们：
"竹子、树木在地上生长
它们分枝散叶，开花结果，接受赞美
其实都是藏在地下的根在做工。"

"这些圣人、仕女、农妇、僧侣、布道者
它们原本就在那里。
我只不过让这些地下的事物浮出了地面
让这些习惯处于黑暗中的事物
亮出了自身的光芒。"

斑竹之诗

"这是云妃、这是黑妃、这是梅鹿，这是
来自武夷山的红湘妃
据说与传说中的斑竹最为相似"
在简舍竹刻馆，我看到了一些带斑点的竹片
但真正产于苍梧之山的香妃斑竹，已经绝迹
甚至连苍梧之山的踪迹，已经像它的另一个名称
九嶷，成了历史中的谜团
而更大的谜团藏在斑竹的纹路里
美丽的斑点来自凄美的爱情
"舜往缚恶龙，崩于苍梧。娥皇女英寻至九嶷之山
因闻其夫死讯，泪沾竹身，化为斑点。"
而现代生物学却证明，那些凄美爱情的见证，其实是
一种名叫虎菌斑的生物留下的痕迹
但这并不影响痴迷于文玩的雅士，一遍啜茶
一边赏玩它的病态之美
并从它细密、如迷宫般的纹路里
遐想潇湘妃子动人的美貌
仿佛一个悖论
被斑竹美丽纹饰的谎言，同样被
来自竹制的书简划破
一部被盗墓贼掘出的《竹书纪年》
弥补了正史中欲盖弥彰的真相："舜囚尧，禹逐舜。"

事实上并不存在禅让，权力的更替
遵从的同样是丛林法则：
如同斑竹，美丽的斑纹，并非来自美好的爱情
而是虎斑菌日复一日的啃噬
它中空竹管内忍住的，生物学意义上痛与痒
与隐藏在历史深处的谎言
暗通款曲

红色浆果

我在衰败的枯草丛中，看到一点异常突兀的红
惊喜之余我将手伸向了它，却不幸被尖刺扎中
——这也许就是它得以幸存的原因
绿色葱茏的季节，一个红衣女子
摇曳着鲜艳的青春，也固执地竖着满身的尖刺
到最后，所有伸向她的手都缩了回去
然后就是一天紧似一天的山风
吹来了冷、吹来了雪
吹来了满山的枯枝败叶
最后，只剩下一串红色浆果，挂在一蓬枯草中间
因为忍受了更多的寒凉
它的果粒已经紧缩成一团
时间和冷，已经榨干了把它薄薄的果皮下的汁液
但它仍旧孤悬在那里，仿佛一颗用旧了的心
仍然坚持着最后的红
当然，也坚持着它最后的尖刺

无花果

它们都错过了各自的花期

或者说
他错过了她的。她也错过了他的

现在，两颗孤零零的果子，挂在人世
不同的树丫上

两颗孤零零的果子，带着经霜的果皮和
微微发红的心

两粒果实。一粒
像一口锈钟，钟声凝固
另一枚，像已经熄灭的灯盏
因为绝望，光线已在它的内部腐烂

冬天越来越近了
凛冽的风，已经在附近的海面上盘旋

两粒最后的果实。像是两枚
悬在风中的苦胆。藏着各自的、最后的苦

壁虎

在我寄居过的出租房内，我曾和一只壁虎猝然相遇
在我撕开破败墙纸的角落
一只壁虎，一动不动。有那么一会儿
我以为它死了
但没有
当一只蚊蚋飞过，它突然
伸出了闪电般的舌头。然后，迅速隐伏到墙壁
更黑暗的角落。而当它
被我赶到地面，它的行动
明显变得迟疑。最后，它慌张离去后的地方
居然留下了一条断掉的尾巴

这让我感到一丝羞愧：
生活远比墙壁陡峭。但我却没有像它一样
能在垂直的道路上静伏，奔走
但是，这先我到来的房客，依旧教会了我
更多的生存法则：比如为了逃生，有时
我们不得不忍痛舍弃自己，并非多余的部分
又比如
为了生存，需要黑暗中漫长的隐忍、蛰伏以及
时机到来时准确、致命的一击

天鹅

你应该像欢迎爱情一样欢迎一场
暴风雪的到来
或者，恰好相反

如同一场雪
掩盖了人世间的肮脏、黑色
你要像潮水一样，覆盖掉爱情里的斑点

你要像期盼爱情一样期盼它们的到来
那些天鹅，来自更寒冷的国度
穿越界限时，它们的翼翅和云层
擦出了低低的声音

多么艰难。仿佛爱情的跋涉
你要像爱上爱情一样，爱上它们

当它们到来，卸下疲惫，卸下
翼翅上的尘埃
你要爱上它们眼神中的疲倦和叫声中的欢愉

当它们其中一只落单了，死去了同伴
你要像对待人世间的残缺一样对待它们

你要爱上它的孤单、哀泣和至死不渝

当最后一粒风雪
融化在春天的嘴角
你要像爱上最后一缕冬天一样，爱上它们的孤鸣和离去

大雁之诗

作为修饰和点缀
它们往往在形容季节变化时出现
这在秋天湛蓝天宇中飞翔的汉字
或者金色苇塘中栖息的生灵
早年的相遇来自童年的谣曲和蒙古人的长调
这流亡者的队伍，教会了我人生中最初的两个汉字
"人"以及"一"
前者让我意识到，人与万物生灵有着相似的行状
而后者，也让后来的我明白
"所有伟大的征程，都有一个微不足道的起点"
如果说还有什么教益
那就是它用来栖息的苇丛和练习飞翔的天宇
让同样浪迹天涯的我
懂得了珍惜人间最后的暖以及如何面对
命运最初的凛冽……

乌鸦

黑夜的一部分
后来，又被指认为黑暗的一部分
乌鸦从不辩解。仅有的言辞只是一声：哇——

据说它曾在太阳宫殿里居住
但现在，它是没有户籍的盲流
CBD，城市综合体，人民广场，乌鸦从不在闪亮的建筑上停留
它们总是自觉栖身于黑暗中的胡同。低矮屋舍和粗陋的老槐树

世界的阴影。一小块铸铁
不会变形的卡夫卡
有精准语言能力的鸟
对于即将到来的灾祸，有着先天的预判
却没有能力预言自己的命运

坦率地讲，乌鸦从没有加重过夜色
但却都在冬天凌晨，被迫再次踏上流亡的道路

天寒地冻。这一次，它们又将在何处栖身？

猴戏

他打它一拳，它也回他一拳
他朝它做鬼脸，它也朝他做鬼脸
他举起刀往自己头上砍，它也举起了刀……
有那么几次，他弄巧成拙
脸上，被它抓出了几道血印子
人群中发出了哄笑
他恼羞成怒，举起手中的鞭子，狠狠地抽了下去
它发出一声惨叫，下意识地
一跃而起
在逃向人群的一瞬间，又被套在脖子上的绳索
硬生生地拽了回来
游戏继续进行，人群继续哄笑
各种鬼脸各种惨叫……
我分开人群，转身离开
街道两边，华灯初上，一切都在有规律地涌动
经过街角边的玻璃橱窗
我忽然看见了自己，一张曾经屈辱、灰暗的猴脸

蚂蚁之诗

徒步经过的时候，我看见它们忙碌的族群
小如芝麻密如芝麻的一地黑点
蹲下去以后，我看见它们匆忙、有序的劳作
一支严密的、训练有素的民工队伍
趴在地上的时候，我终于
和一只单独的蚂蚁猝然相遇
我看见它纤细腰肢连接的滚圆腹部
似乎被灌注了某种辛酸、执拗的物质
足以拉动它前面的一对巨大蚁钳
钳住了一只花瓢虫的大山般庞大的躯体

马蜂之诗

春末的时候，一些马蜂开始筑巢
在我借居的一间废弃的播音室外
整个漫长的夏天，我目睹了一只蜂巢逐渐膨大的过程
我目睹它们飞出飞进忙忙碌碌
由最初的恐惧到逐渐消除了敌意
附近没有什么花卉
它们去了哪里？在黑暗的蜂巢内，它们
怎样在酿造？我不得而知

但我知道，无论它们采回什么
怎样酿造，最终都会收获甜蜜
这让我羞愧
我也是一名工匠，有酿造的癖好
但并没有把握，把生活中的辛酸都酿成蜜
而让我更加心生敬意的是
这些马蜂似乎懂得
越是甜蜜的事业，越需要用毒刺守护
面对破坏和诋毁
我只会蜷曲得更紧
而它们却有着以命相搏的勇气

电线杆上的鸟巢

去黄河口的路上，是一大片一大片的滩涂
汽车在芦苇丛中穿行
四野茫茫，一根又一根的电线杆
支撑着灰色的天宇
电线杆上，是黑褐色的鸟巢
导游告诉我们，这里住着高贵而古老的东方白鹳
哦，这农耕时代的居民
住在工业文明的高压线下。但它们
是安全的。它们为什么不会触电？
因为它们懂得舍避

它们从不同时触碰火线和地线
我想，这就是生活的底线

蜜蜂之诗

不要埋怨春天来得太迟
不要降低辛劳的分量

不要埋怨一朵花藏得太偏太远
不要降低甜蜜的难度

这是最后一朵春天
——如果爱与哀愁，尚且别在你的嘴角

这是春天的最后一只蜂巢
——如果你还有酿造的最后的愿望

这是最后一只绝望的工蜂。它将为你酿造来世之蜜
——如果你懂得至死不渝是一朵彼岸之花

斑鸠

我曾无数次听到它的叫声
有时在难眠的深夜，有时在寂静的正午
它的叫声急切、隐忍
但我从未见过这种鸟
有一次，我似乎看见它了，窗外树梢间
一团小小的黑
但不是，它只是树叶晃动的暗影

就这样，这只我从未见过的鸟
始终若即若离
它怯懦、又急切的鸣叫，抚慰了我经年的寂寞
我甚至觉得它并不在别的地方，它就出自
我的胸腔和喉咙

一晃很多年过去了
有一次，午睡后的恍惚中，我忽然看见了它
立在对面屋顶烟囱上的一只
小小的身影

——第一次，我看见了这种鸟，清晰而又陌生
仿佛我，仿佛孤独本身

燕雀与鹰

提到鹰，就意味着要提到孤独、苍茫、辽阔
和高处的风霜。
这些年，我刻意回避，把一个黑色的大词
从我的词典里抠除

这些年，我只是更多地关注门前那只觅食的麻雀
寄人檐下，它在主人的善意
和顽童的弹弓之间谋生
从被驱赶的庄稼地里惊飞
最后，学会了在荒野的苇草丛中栖息

我写下它一路奔波的辛凉，写它们鸟窝被掏
失去孩子后短暂的悲伤
然后，继续欢叫着觅食
我写下它们小小的、微不足道的乐观主义

但我也从未忘记
在它身后的高处，一个兀自盘旋着的黑色阴影
一只鹰，一只
我称之为命运的大词
始终在窥视着
一只小小燕雀的全部人生

螳螂之诗

前往某地的途中，一只螳螂在马路中间
举起双钳
直接的后果是，我重新温习了一个成语而那只螳螂
被车轮碾成了齑粉
我知道螳螂还有一种死法：新婚之后
雌螳螂会吃掉雄螳螂，以便换取
生产小螳螂足够的营养

这是螳螂给我的启示
前一只，让我想起夕阳、风车
和堂·吉诃德式的悲壮
而后面的则是：为了爱和繁衍的生存，比死亡更艰涩万分

黑猫

白天它是睡眠的一部分。苍老、昏聩。一段
玄奥经文的朗诵者
偶尔，在追逐一只蝴蝶或者毛线球的时候
又等同于人类的童年
西谚说，猫是唯一没有被人类驯服的动物
在我为数不多的经验里
猫，和黑猫是两个不同的物种
黑猫，更接近于一个通灵者
即使白天，它也是一截醒目的夜色
而当夜晚降临，它无声行走。仿佛
某个古老的咒语，穿行在我们的客厅
旷野和梦境之间
它捕获那些从我们的梦中逃离出来的东西
或者说，它就是我们试图脱离自身的那一部分
在我们无法分辨是出自它
还是我们自己发出的
那一声凄厉的叫声里，总隐含着某种费解的谶语

藤壶

在海边的礁石上，它们聚族而居。仿佛
月亮上荒凉的环形山

除了一月仅有的几次潮水覆盖
余下的时间，为了承受高温炙烤和海鸟啄食
它们灰褐色的外壳总是紧闭

我曾蹲伏于一块礁岩长时间观察
它们一平方厘米的国土面积
一只藤壶与另一只之间的
一厘米的边境线

它们单独的一只，像一座微型火山
总是无声、死寂。似乎
处于永远的休眠期

但在我用石块砸开其中一只之后
我却看到了一团
类似于即将喷发的火山岩浆的血肉

萤火虫

"腐草为萤。"
到底是不是这样，我从未留心考证

萤火虫自己也从未辩解
它们只是提着自己的灯塔和教堂在飞

——但事实上，它们从来不说比喻
它们只是在飞。带着腹部
一盏微弱的信灯，世界上最小的喷气式飞机

没有人关注它们的燃料还够不够
它们生来就一直在飞
飞过森林
飞过原野。最终
在某个山岗，在腐草深处发生一次
无人知晓的坠机事件

那里，也埋着我的很多亲人
他们一生也曾发出过小小的光亮
但同样不被看见

第六辑

量子纠缠

而我将用余生，去分辨

那在黑暗中燃烧的万物和它灰烬的成分

旧货市场

一件旧衣服里有陌生人的汗液也有
未曾消失的温暖
一辆二手车里有别人不曾用旧的远方
而一本旧书里有可能
依旧暗含着通往新世界的入口

在旧货市场，我淘来旧药罐，它能否
还原出一个未患风湿病的母亲？
我淘来的旧罗盘、眼镜和烟嘴能否拼凑出
一个已经离开的父亲？
我淘来一张旧餐桌它是否能像一块吸铁石把我们
小图钉一样吸附到
一个旧式家庭清贫、富足的日子中央？
这些，只是我
一个逐渐变旧的人的想象

有时候，我会站在一面淘来的旧镜子面前
用淘来的旧剃须刀收割
用旧的光阴
有时候，我用一只旧式望远镜望向更加古老
和陈旧的岁月
偶尔，我会把它倒过来——
我看到了一种尚未经历过的，新鲜的日子

炊烟

一直以来，我习惯
把沉重的言说，搁置在轻盈的事物之上
但炊烟，似乎更适合
被画在纸上
比雾气温暖，比高处的云层
更富于人情味

据说，只有炊烟能建立起连接天地的通道
迎迓神祇，接纳
逝去很久的先祖回来
而我更关注的，是它返程时的那一小截俗世的道路
从烟囱到锅底
一段黑色、温暖的旅途

那终点的车站，就是乡村的底色
温暖、结实。总连着稚子笑语、爷娘呼唤
连着万家灯火。晚归牛羊

这是从前司空见惯的场景
而现在，在普遍荒凉的乡村
一缕炊烟的出现，已经可以被理解为
一个奇迹
因而更多地，被我想象成了一条经幡和一道挽联

大雪落下

大雪无边无际
大雪热火朝天
红鞭炮热火朝天
穿着破棉袄的孩子在雪地里热火朝天
而多年之后　他伏在千里之外的灯火下写诗
冰凉大雪压疼了白纸的骨头

大雪无边无际
大雪热火朝天
红鞭炮热火朝天
大雪下面　年轻的羊倌悄悄埋葬了内心的爱情
——没有人在乎雪化后丑陋的村庄

那年冬天　大雪用民谣铭记了三件大事：
1. 16 岁的姐姐用冰凉嫁衣换来哥哥的新娘
2. 村口的老杏树被大雪压伤
3. 一个拖着鼻涕的孩子目睹了这一切
并且提前写下了二十年后的一句诗

一张白纸　用脆薄的骨头承受了它的全部重量

金糜子

首先想到的是黍。古老的
五谷之一
当年周大夫过古都，镐京的庙堂故址
已经这种青色的植物覆盖
麦草青青啊彼黍离离。多少年
只有亡国之人感受到了这伟大的
黍离之悲
而农人只知四时，无论兴废
后来，黍，偶尔成为一个诗人的名字
彼黍不语。也许，只有诗歌懂得
没有什么比沉默更加接近
时光的分量
最近一次见到黍，它已经转化为一种特殊的液体
出自故乡的一口古井
古老的大原之地，这里是黍的故乡，也是诗经的故乡
也是一种名叫金糜子的酒的故乡
酒浆清亮、甘洌、刚猛
适合千里迢迢返乡之人和旧友新朋欢聚宴饮
也适合他在异乡
独自浇灌故国、家园，身体里的残山剩水

孤蓬

黄花苔，婆婆丁，华花郎
它的名字和那些随处散布的村庄一样普通
和那些村庄里的人一样微小
细小的根茎牢牢吸附着沙土，像一个又黑又瘦的婴儿
叮着母亲干瘪的乳房
抽叶。起苔。开花
一个白色的小小星球
又轻又贱。又轻又贱的命运啊，经不起秋风
轻轻一吹
就散了。就各自天涯

"孤蓬万里征"啊，这细微的小东西
让一句唐诗获得了实证。让微不足道的人生
也有了悲壮的历程
而现在，在这里，在被拆掉的老屋的废墟上
我居然又看见了一个完整的圆
有那么一瞬，我恍惚看见了1983年前的祖父、父亲、母亲
和众多的兄弟姐妹
紧密团结在清贫、富足的日子周围
而在那些随风飚起的绒毛上
我看见了自己细小的脸，以及不知所终的一生

奇迹

我在探望父亲的途中发现了它。那是一个
见证奇迹的时刻

据说，一棵苦核杏在早春会绽出一万多粒花苞
然后就有薄霜、倒春寒来摧残它
大约一半的花蕾会坚持下来

剩下的花蕾，只有一半会开花
而这些花，又会有一场不期而至的风吹它
一场如期而至的冰雨打它
只有不足一半的花朵能够结果

接下来，会有各种各样的虫子来蛀它
各种各样的鸟来啄它
只有更少的青杏会慢慢膨大，变黄

这期间，还会有嘴馋的放羊娃不断攀爬、采摘
折断它黑瘦的枝丫
干旱苦寒的天气也会让其中一些果实脱落
一场突如其来的冰雹，也许会打掉最后的希望

——但是，我还是发现了它。在父亲的坟茔附近

一棵伫立在沟壑边的杏树
稀疏叶片掩映下的
唯一一粒
黄澄澄的果实——

你难道不认为这是一个奇迹?

蕨麻之诗

我从河边挖来一株带泥的草，让母亲辨认
锯齿状的叶片，明黄的小花
母亲迟疑了很久，还是摇了摇头

我掰开泥土，露出纺锤形的根茎
"蕨麻"——
母亲脱口而出

"这个太熟悉了，六〇年，我们挖遍河滩
寻找它，然后晒干打成粉
混合着其他粗粮充饥"

这不难理解
对于温饱的渴求，让年轻时代的母亲
忽略了它露出地面的美

次日清晨
一株被我扔掉的蕨麻
在母亲的花盆里迎风摇曳——

现在，对于它的美，母亲比我们懂得更多
包括它锯齿状的叶片、明黄的花朵以及
埋藏在记忆深处的粗壮的根茎

唯有灯火让人泪流满面

年轻时我学古人春夜宴桃园，心中默念：
"天地者万物之逆旅，光阴者百代之过客"
我知道时光易逝
每一个欢聚时刻，都是安陆

我曾在深夜驱车送亲人到机场、车站
然后，看着黑夜中
一只大鸟惊飞，一列火车曳出长长的身躯
那些黑暗中的闪烁和离别，让我暗自噙满泪水

后来我经常独自面对沉沉暮霭和绵绵群山
我知道聚散有时，人生无常
我以为我已经习惯这些

有一年送母亲还乡，回到寓居的住所时
发现走得匆忙，忘记了关灯
我知道母亲已走，但还是不忍上楼
想象有一个人，还在其中，为我整理衣裳

徘徊了很久之后我鼓起勇气上楼回房
茶水尚温
塞给母亲的红包又被悄悄放回了枕头下面
灯火下的我再次泪流满面

父祭：外乡之夜

突然安静了下来。难得有这么漆黑的夜晚。伸手
几乎不见五指。只有很远很远处
几点稀疏的灯火，已经和星星混为一谈

这是异乡的夜晚。"星星又亮又胖，一颗足有 4 两"
难得想起一句诗，难得这句诗和这个夜晚
如此契合

突然就忘掉了哲学和隐喻。突然就回到了
繁星密布的童年

……突然，就听到了几声狗叫
就看到了星空下的故乡小院

看到了正在喝中药的父亲
以及更多亲人的脸……
他们都还健在，还未曾被深深怀念

失去

年过半百。你失去了父亲，有一天还会失去母亲
之前，你已经失去了祖先、老屋、故乡
失去了祖父母
有一天你还会失去自己——
事实上这正在发生
昨天的你和今天的你，并不完全相同
写下这一行字之后的你
甚至上一秒的你和下一秒的你
都非同一个人

有一天你会完全消失，但并非
彻底消失
你会部分存在于一些人的记忆里
只不过有些人少有些人多，有些人短暂而有些人
长久一些

你也会存在于你使用过的器皿、毛巾、牙刷、茶具里面
存在于你穿过的衣服、留下的体温
和汗渍里。然而这些并不长久，不久之后
它们会消失在你走过的道路
你呼吸过的空气中

相对长久地，你会存在于你写下的文字
以及你的孩子的念想里
在某一天，在她翻阅你留下的故纸时的
转身之际，你会从她凝视的眼神中
依稀辨别出你的影像

你会顺着纸上的河流，进入她的身体
然后，慢慢从她的眼眶溢出

中年病灶

父亲精通针灸。一枚银针，能沿着皮肉的缝隙
准确地找到身体的漏洞
提、按、揉、捻，牵动的是奇经八脉
抵达的，却是五脏六腑

这些年，我码字为生。因为不懂人的结构
常常把成堆的汉字
堆在无用之处

父亲，为了看清人，我触摸过多少体面的镜面
多少碎掉的玻璃碴？
那些尖利的光，只是让我看到了人
更多的漏洞

父亲，这些年，有那么多我曾仰望过的山峦
雕像般坍塌了
因为经年的郁积，我体内的痼疾已经渐入膏肓

我用一场虚拟的死否认过去
也曾爱上接近毁灭时的快感
但最终我爱上了熬炼汉字，这黑色的药丸

父亲，有时我会产生这样的幻觉：
我就是以笔为针的中医
懂得子午流转，一枚银针
能够准确地扎进生活堵塞的穴道里

一针见血
一针就能让它在疼痛的苏醒中发出惊声尖叫

积满雨水的玻璃房顶

我在扫玻璃房顶上的雨水
微微倾斜的玻璃房顶，一到下雨就积满了水
原因是小工把落水管接在了较高的一边
而小工犯错的原因，是他听了我老爸的话
那一年我正在装修，老爸从北方来我家小住
他认为水就是财，不能轻易流掉
所以背着我，私自让小工做了改动
南方多雨，一下雨我就得爬上玻璃屋顶扫水
一边扫水一边嘀咕老爸
一边嘀咕一边扫
扫着扫着雨水就弥漫了眼眶
一晃过去了好些年，这些年我没有发什么财
而老爸早已返回北方，长眠于故乡的山冈
我的房子也已经卖掉
每逢下雨，我习惯举着空空的扫把
却不知向何处挥舞

声音博物馆

大厅空旷。回忆寂静
黑暗中，光线有纤细、缓慢的舞步

借助这根敏感的针，我在探寻你
借助黑胶唱片上的纹路，我在触摸你

借助那些细密划痕制造的路径，我找到你
借助物理学上的震颤，我恢复了你的笑貌、音容
比照片更亲切、比影像更有质感
有血，有肉，有尚未散尽的温度，含在眼眶中的泪水

我在想象你。我在贮存你。我在
重新建造你
用汉字的砖瓦。用黑胶的凹槽。用身体里的密纹
微弱的电流在指纹间持续震动

时间之门訇然作响，喉咙里的尘土微微发甜
摁在键盘上的指纹，伸向纸面的笔尖
比锇铂合金的唱针更坚固更敏感

一种神秘的声音在同步运行，带着出生地
方言的发音：你在回来，你在回来，你在回来……

唯有死者让我们相聚

一位年老的长者意外亡故，人们纷纷从外地赶回
死亡，像一块强力磁铁
把流散到各处的图钉吸附回来

元宵、清明、中秋……这些古老的节日
像一只只气球，被尖利的生活逐一扎破
最后一只也难以幸免
回不去的理由总是多于回去的

唯有死者让我们相聚，让我们暂时放下各自的生活
让我们收起锐角，用背面的圆
暂时组成了一个更大的圆

送别逝者的夜晚，我们彻夜秉烛相谈
谈东西，谈离散，谈这些年的
感慨与失落
仿佛这才是参加葬礼的目的和意义
蜡烛燃烧后的黑色的烛芯
让空气中出现了短暂的停顿

明天我们又将各奔东西，像一枚枚图钉
被生活重新钉往世界各处

我们说告别说珍重相约着下一次重逢的时间
但明天我们依旧将相忘于江湖

我们就这样，重复古老的法则
直到下一个逝者把我们召回
直到最后，我们成为类似事件的主角

北风吹过清水河谷

北风吹过清水河谷
因为雪，群山的线条更加隐忍
穿过河谷的萧关古道，延伸进了遥远的年代

村庄低矮，草垛温暖
毛白杨，像早年的哥哥，清瘦，倔强
山冈上，父亲的坟茔正在被风雪一点一点磨平

又一年将尽，沿着清水河谷
那未曾冻结的梦，依旧向远处川流不息
那些曾背井离乡的人，正沿着冰层下的河床归来

岁末·雪（一）

穿过山脚铁路下的涵洞，就是一条狭长的羊道
一棵落光叶子的杏树，依旧站在垭口
我在初夏见过的奇迹，已经不复再现
雪地上，除了一串疑似野兔留下的趾爪，没有任何痕迹
很显然，我们是唯一上山的人
这是岁末的一场雪，覆盖了父亲坟头的荒草也盖住了
山上所有的事物
只有沿着山脚延伸的两道铁轨，仿佛两道
黝黑的伤痕
成为雪唯一无法覆盖的事物
我知道它们将穿过我——
肋骨的枕木，只适合悲伤、野蛮的火车。在山野
和人世之间，总是横着这样一道铁轨
一列火车
而它带起的雪，很快将覆盖我们下山的脚印

岁末·雪（二）

纸被点着后，火舌窜向了旁边枯枝
姐夫赶忙用木棍压住
姐姐絮絮叨叨：老爸总是心急，可终究还是没等到这一天
这是旧年年底，外甥女要结婚了，我从外省归来
一起来探望老爸
大哥郑重其事地摆着供品
我低着头，把带来的新书一页一页撕给老爸
火舌翻卷着，吞掉了一行行散发着油墨的字——
真快！三年已逝。我们已经可以围坐在父亲坟头
平静地谈话，或者各怀心事地
保持沉默
因为雪，潮湿的柠条滋滋作响
拨开挂着雪的荒草，能够看到山下的铁轨上
跑着一列火车
我曾被它带走。也许有一天
将被它带回，成为父亲脚下，另一抔低矮的土堆

岁末·雪（三）

雪落在老屋后看得见的榆树也落在
看不见的榆树上
看得见的，显得更加萧疏
也让背后的山野更加空茫
那些看不见的榆树，只有我知道它们在哪里
它们一共有 66 棵，雪遮盖了它们露在地面上的伤疤
现在，雪沿着这些伤疤继续落，无声无息
只有我知道，在每一个繁星之夜
那些伤疤上，会重新长出枝丫
然后弹出嫩绿的叶片
只有我知道，在每一个归来的夜晚，落雪的
夜晚，一棵并不存在的树
怎样慢慢张开它巨大的树冠

戊戌岁末，在父亲坟头谈话

简单的祭奠仪式后，我们围坐在父亲坟头说话
父亲去世已经三年。很多他生前
没有来得及说的话，不想说的话，以及想说
却又不知道如何开口的话
现在，都可以平静地说出来了

是的，我们的父亲走了，有些话才被说出来
我们究竟是想让父亲听到还是
不想让父亲听到，我不知道。我所知道的是
有些话，如果父亲还活着，还是不会被说出来
这是旧年年底，我们围坐在父亲坟前
小声、平静地说话

风吹着父亲坟头的枯草
我们围坐的地方，也许就是我们将来的
长眠之处。有一天我们的孩子也将会从祖国各地
赶来，围坐在我们的坟前，继续说出
那些我们生前没有听到的话

日渐稀薄的悲伤

我又梦见了你。深夜
绿皮火车的叫声，把我带回老家
脱光木叶的毛白杨，低矮山冈
姐姐煨在你面前的羊粪火，已经熄灭
只有风吹动着你上面的荒草

父亲，自你走后已逾四年
我的悲伤日渐稀薄，但风雪偶尔还是会向我袭来
把我带到你长眠的山冈
北风先是拔去你坟头的枯草
又一点一点移平低矮的土堆

只有悲伤，还像背阴处的残雪
不肯化去
只有悲伤还像风，一遍又一遍刮过清水河谷
像深夜的绿皮火车，一声接一声低沉闷长的叫声
在失眠的夜里传了很久很久

陶盆里的山河

我习惯每到一个地方，都捡一块石头回来
这些年我陆续捡回了一小块云南，两平方厘米的山东
火柴盒大小的河北以及土豆大小的山西

我把这些石头丢在一只敞口的陶盆里
聚沙成塔
这些年，陶盆里的石头逐渐堆成了一座小山
闲暇时，我习惯蹲在陶盆边
仔细凝视这座微型的苏州园林——
不，它其实是一座微型的祖国，一个人的精神疆域

那最鲜艳的，来自南京的雨花台
花纹里的桨声灯影，反射着一段历史的愤怒
那最圆润的，来自苍山洱海，仿佛我也曾经历
一段风花雪月
那带着一圈一圈縠纹路的，似乎
还在记录我曾聆听过的青海的风声

有时候我会静声屏息，听祁连山上的雪怎样浸润着黄河口
一小块凝固的浪花
有时候我会仔细聆听，来自新疆乌拉山口的风雨
怎样应和着东海边的涛声

帕米尔高原夜空落下的星子
和石浦港畔悄然涨起的夜潮都化成了
一块沉积岩里尚未熄灭的渔火

有一块莹润的白玉，我称它未曾抵达的爱情
有一块黝黑的陨石，我忘了它的来处
姑且命名它为一无所知的命运
还有些看不出什么特征，只有我知道，它们
怎样——来到我
内心的每一个角落

那最小的一粒，正是我的宿命，一生的无法承受之重
它来自清水河畔
我故乡的一条无名之河

山村之灯

有一半多的房子已经倒塌
有一多半的村民已经搬离
有一口井，羊齿蕨已经盖住了大半个井口
有一只鸡，已经野化
在我们到来时，居然从矮墙直接飞上了屋顶

一座行将废弃的村庄，正在以肉眼可见的速度消失
但不影响剩下的老人们对我们热情的接待
也影响我们在这里吃到了最甜的野蜂蜜
喝到了最醇的糯米酒
至于其他的，因为酒醉
我已经回忆不起

只是记得返程时，迅速暗下来的天空
加剧着一座村庄和大山的融合
而在车子转过一个山口时，我看到
黑黢黢的村庄
正在用一盏小灯，努力顶起压在头顶的厚重夜色

与女儿谈论远方

正如童话里
贪心的小狗要追上的那颗
挂在远方的太阳，多像妈妈烙的煎饼
有时候，我们的确可以画饼充饥

孩子，等你再大一些
爸爸就可以和你讨论，那个固执的登山者
他一生都在追逐的远方
穿过风雪 迷雾 夜雨
等到他费尽力气
攀上一生的最后一座山，他发现
远方前面，依然还有峰顶
依然有那么多的风雪 迷雾 夜雨……

但你要相信，孩子，你要的远方
是存在的
我们的祖先，曾经在一本旧书中
留下了它入口的蛛丝马迹

有时候，在人群中，在你突然的停顿
和转身处，你会看到
像分开的潮水，远方，就在不远的前面

幽暗、闪光
像我们头顶的星光，模糊不清
但它的确是存在着的，有意义的

起初与最终

起初是你用涨满绿色血液的手指
擦去我脸上的积雪

最终是一根枯枝，拨开我墓碑上的落叶
让黑色大理石，露出新鲜的凿痕

起初是一根新生的光线
唤醒地下沉睡的蛹
让白蝴蝶的翅膀，在一座豌豆花上掀起涟漪和雷霆

最终是陈旧的雨水
洗净了人间恩仇
一阵晚风，带来永世的安宁和沉沉的暮霭

起初……最终。中间
是广袤、狭窄。是纵有万千语。是茫茫忘川……

当最后一粒
人间灯火被带入星空
死去如我者，也如静默的山峦
微微抬起了头颅

后记（一）

留在纸上的诗是一首诗的遗址

时间带走了它的气息、温度和光泽
只留下一具躯壳。（不久以后，也许会化成骨殖，腐烂
也许，有的部位会成为化石）

之前，它们曾经焦灼于他的胸腔、头脑，充满
血丝的眼球
存在于他写下它们时
笔画的轻重，每一行字的缓急
以及敲击键盘时的嗒嗒声中

其中一部分，在试图诞生之前
他就让它们消失了
那是最隐秘的，它抿紧了嘴角

一首留在纸上的诗
是一首诗的遗址

他带走了其中的快感、痛苦和绝望
时间和雨水带来了荒草

他渴望有人能够找来，但却在沿途
布下了重重迷雾

而合格的读者是一个考古学家
穿过荒草、时间和雨水
他打开了语言的封土
文字的墓砖

最后他打开了修辞的棺盖
它还在那里
一首成为骨骸的诗
兀自颤动它的指骨

后记（二）

写在后面的话

这是我的第十部诗集。

从第一部诗集《海边书》开始，我已经断断续续写了二十年了。收在这部集子里的 146 首诗，绝大多数都是近几年的作品。最初结集时我定的书名为《中年气象》，这也是我二十年前写下的第一组诗的题目。但踌躇一番之后，还是觉得不妥。这期间我毕竟经历了从而立到天命之年的跨度。

二十年前开始写作时，我还带着临近中年的惶惑和审慎，所思所想，大都是彼时当下的处境和体验，而二十年后，落于笔下的，更多的是回忆和沉思。面对生活，我已经习惯从以前的凝神注视慢慢转向闭着眼睛聆听。所以，思虑再三，还是把书名改为了《回声》。

收录在诗集中的六个小辑，分别为岁月回声、残损之美、悖谬之诗、时间之灯、万物之谜以及量子纠缠。但这只是题材表象上的简单区分，一言以蔽之，这些诗，其实都是这些年生活和一个普通人内心撞击的轰鸣与回响。

两年前我有一组同名诗歌获得了一个刊物的奖项，我记得颁奖词里有这样的表述："在组诗《回声》中，诗人把自己放置在了一个由浩渺时空组成的坐标轴上，去上下辨认，左右打量，仰观宇宙之大，俯察品类之盛。他凝神谛听来自自然万物的生命啼声，仔细分辨古往今来每一个灵魂发出的生命喟叹。他从那些被通常感官忽略的地方入手，关注万物生灵与生俱来的孤独，独具一格的写作仿佛在隔空击掌，让万物发出了应和的回声。温和感性的抒写和冷峻理性的思考如动脉静脉的交织运行，让诗歌成了真正具有生命力的有机体。"

说实话，这个颁奖词不乏溢美之词，但也的确是我近些年来注重的写作向度。尤其是三年疫情经历，改变了我对很多事物的认知看法。这些都写在诗里面了，无须赘述。

最后一句，之所以把有关故乡的一辑命名为量子纠缠，且收录了几首旧作，没有别的，地理和心理版图上的双重声响，是我诗歌的底色和最后的弦音。

作者于 2024 年 5 月 5 日记于丹城寓所